Dawson's Creek™
Heiß wie Schnee

Heiß wie Schnee

Roman

Auf Basis der gleichnamigen Fernsehserie
von Kevin Williamson

Romanfassung von K. S. Rodriguez

Aus dem Amerikanischen
von Antje Görnig

*Für die Creek-Fans Lisa Grant, Suzanne Flenard
und Alexandra Peredo*

Das Buch »Dawson's Creek – Heiß wie Schnee«
entstand parallel zu der gleichnamigen TV-Serie *Dawson's Creek*™
von Kevin Williamson, produziert von Columbia TriStar
Television, ausgestrahlt in SAT.1.

Erstveröffentlichung bei: Pocket Books, New York 1999
Titel der Originalausgabe:
Dawson's Creek™ – Major Meltdown

© 1999 Columbia TriStar Television, Inc.
All Rights Reserved.

Die Deutsche Bibliothek – CIP-Einheitsaufnahme

Dawson's Creek. – Köln : vgs
Heiß wie Schnee : Roman ; auf Basis der gleichnamigen
Fernsehserie von Kevin Williamson / Romanfassung
von K.S. Rodriguez. Aus dem Amerikan. von Antje Göring.
– 1. Aufl. – 1999
ISBN 3-8025-2671-6

1. Auflage 1999
vgs verlagsgesellschaft, Köln
Alle Rechte vorbehalten
Lektorat: Birgit Sarrafian
Umschlaggestaltung: Papen Werbeagentur, Köln
Senderlogo: © SAT.1 New Business Development (NBD) '99
Titelfoto: © 1999 Columbia TriStar Television, Inc.
Satz: TypoForum GmbH, Singhofen
Druck: Clausen & Bosse, Leck
Printed in Germany
ISBN 3-8025-2671-6

Besuchen Sie unsere Homepages im WWW:
http://www.vgs.de
http://www.sat1.de

1

»Brrr! Da draußen herrschen ja arktische Verhältnisse«, beklagte sich Dawson Leery, als er ins Ice House kam und die Tür hinter sich zuknallte. Er stapfte mit seinen nassen Stiefeln auf der Stelle und schüttelte sich, bevor er seine Freunde Pacey Witter und Jen Lindley entdeckte, die ihn zu sich an den Tisch winkten. Sie waren allerdings auch nicht zu übersehen, denn an diesem naßkalten Montag nachmittag war das Restaurant wie ausgestorben.

»Der Mann, der aus der Kälte kam!« frotzelte Pacey, als Dawson zu ihnen herüberkam. »Du siehst aus, als wärst du gerade erst von irgendwelchen Archäologen aus einem Gletscher geborgen und aufgetaut worden.«

Jen lächelte und legte die Speisekarte zur Seite. »Stimmt! Bist du hierher geschwommen oder was?«

»So kommt es mir auch vor«, sagte Dawson, als er sich hinsetzte. »Ich kann es kaum erwarten, endlich meinen Führerschein zu haben, dann muß ich nicht mehr überallhin zu Fuß gehen.«

»Schon mal was von einem Regenmantel gehört? Oder von einem Regenschirm? Sprich mir nach«, schaltete sich Joey Potter ein, die gerade auf ihre Freunde zusteuerte: »Re-gen-schirm!«

»Hallo, Joey«, sagte Dawson so lässig wie möglich und zog seine völlig durchnäßte Skijacke aus. Normalerweise konnte er mit ihren Sticheleien ganz gut umgehen, aber heute ärgerte er sich darüber. Joey sah so hübsch aus und... trocken... und unerreichbar in ihrem Rollkragenpullover und der Arbeitsschürze. Immer, wenn er sich dazu zwang, sie zu vergessen, schien er sie nur um so mehr zu vermissen.

Sie sahen sich natürlich noch oft. Denn sie waren ja immer noch Freunde. Aber alles war anders; nichts mehr so, wie es früher einmal war. Die Zeiten, als sie noch zusammen herumgealbert und vertraute Gespräche geführt und wie Geschwister bei ihm übernachtet hatten, waren vorbei. Alles war mit einem Schlag anders geworden, als sie eine Beziehung angefangen hatten. Nun waren sie zwar nicht mehr zusammen, aber es war sehr schwer, an die Zeit davor anzuknüpfen und – so als wäre nichts gewesen – ihre Freundschaft wieder aufzunehmen, die schon seit Kindertagen andauerte.

»Was muß man tun, um hier bedient zu werden?« fragte Dawson laut in die Runde.

»Hey!« rief Joey. »Diesen Ton würde ich an deiner Stelle dem Personal gegenüber lieber nicht anschlagen!«

Dawson schwang seine Jacke auf den Stuhl neben sich, und Wassertropfen spritzten nach allen Seiten.

Joey wich zurück. »Na prima! Dafür bekommst du heute eine ganz spezielle Sauce«, sagte sie. Sie klang halb verärgert, halb belustigt.

Dawson lächelte schmallippig. »Ich habe Hunger. Teilt sich jemand mit mir Pommes?« Er sah Pacey und Jen mit hochgezogenen Augenbrauen an.

»Äh...«, sagte Pacey zögernd und zupfte an dem Kragen seines nicht ganz der Jahreszeit entsprechenden Bowlingshirts. »Ich glaube, ich bestelle mir meine eigenen...«

Dawson lachte. »Du glaubst das doch nicht mit der Spezialsauce, oder?«

»Tja...« meinte Pacey nur und warf Joey einen fragenden Blick zu.

»Ich würde mir darüber keine Gedanken machen, Pacey«, sage Joey und zog den Block aus ihrer Schürze. »Es hat dich doch noch nie gekümmert. Wenn ich mich nicht irre, magst du unsere Spezialsauce sogar.«

Pacey bekam vor Schreck große Augen, und Dawson und Jen brachen in lautes Lachen aus.

»Warum... Was... Was habe ich denn jemals Böses getan?« stammelte Pacey.

»Du existierst. Allein deine gräßliche Anwesenheit qualifiziert dich automatisch für die Spezialität des Hauses. Der Küchenchef ist heute übrigens total erkältet«, antwortete Joey trocken. Dann zückte sie ihren Stift und fragte fröhlich: »Also, was wollt ihr bestellen?«

»Cheeseburger und Pommes wie immer«, sagte Dawson.

»Ich nehme Hähnchendippers«, meldete sich Jen. »Mit süßem Senf, nicht mit Barbecue-Sauce, bitte!«

Joey notierte die Bestellungen. »Okay. Und du, Pacey?« fragte sie freundlich. »Was kann ich dir an diesem schönen Winternachmittag bringen?«

Pacey warf die Speisekarte auf den Holztisch. »Gar nichts, danke«, sagte er knapp. »Ich habe keinen Hunger mehr. Mir ist der Appetit vergangen.«

»Oh«, gab sich Joey enttäuscht. »Das ist aber schade!« Sie drehte sich um und ging in Richtung Küche. »Ich gehe jetzt mal den Koch wecken«, murmelte sie.

»Ich weiß nicht, warum ich überhaupt noch hierherkomme«, schimpfte Pacey.

»Sie hat doch nur Spaß gemacht«, sagte Dawson. »Bleib cool!«

»Ich traue ihr schon eine ganze Menge zu«, beharrte Pacey und runzelte die Stirn. »Wenn man bedenkt, was in dem Hirn einer neurotischen, sexuell verklemmten, menschenfeindlichen, verhaltensgestörten Ziege, die fürs Essen zuständig ist, so alles vorgehen kann. Da gibt es unzählige Möglichkeiten ... und ziemlich furchterregende obendrein, mein Freund.«

Dawson schüttelte den Kopf und prustete los. Pacey schaffte es immer wieder, ihn zum Lachen zu bringen – selbst, wenn er durchnäßt und schlecht drauf war und fror.

Aber Pacey war, wie Dawson auffiel, überhaupt nicht nach Lachen zumute. Er hatte zur Zeit sogar noch schlechtere Laune als Dawson, falls das überhaupt möglich war. »Ich kriege Depressionen von dem vielen kalten Regen«, sagte Pacey, um das Thema zu wechseln. »Wann fängt es endlich an zu schneien?«

»Das frage ich mich auch«, sagte Jen. »Ich glaube, wir haben inzwischen alle Winterdepressionen.« Sie wickelte eine Haarsträhne um ihren Finger und fügte hinzu: »So etwas habe ich in New York nie gehabt.«

»Nein«, entgegnete Pacey. »Da konntest du ja auch höchstens Tuberkulose von den Ratten in den Straßen bekommen. Aber Winterdepressionen auf gar keinen Fall.«

»Sehr witzig!« gab Jen zurück. »Ich vermisse einfach den Winter in New York. Es ist so schön, durch die Straßen zu gehen, und überall, auf den Treppen und Geländern vor jedem Haus, liegt frischer Schnee. Oder den Eisläufern im Rockefeller Center zuzusehen, wie sie vor dem Hintergrund eines riesigen beleuchteten Weihnachtsbaums ihre Kreise über das Eis ziehen. Das ist einfach wie im Märchen.« Jen schwelgte weiter in ihren Erinnerungen. »Und die Lokale schließen nicht. Sogar bei Schneesturm kann man ins Restaurant gehen, und da trifft man immer eine Menge Leute, die gutgelaunt über das Wetter plaudern. Oder man kann ins Kino gehen oder ein Video ausleihen ...«

»Oder zur Schule gehen, weil es da ja wohl kaum schneefrei gibt«, führte Pacey den Satz zu Ende. »Oder nach der Schule im Schneesturm zu Fuß zur Arbeit gehen, weil es keine Taxis gibt. Oder man kann mit der U-Bahn fahren, wo einen acht Millionen Menschen mit allen möglichen Krankheiten aus nächster Nähe anhusten.«

»Ist ja schon gut, du hast gewonnen. Wir haben verstanden, daß du heute wirklich schlecht gelaunt bist«, sagte Jen abwehrend. »Was ist eigentlich dein Problem?«

»Mein Problem? Mein Problem ist, daß ein weiterer Winter ins Land zieht, in dem ich keine Freundin zum Warmhalten habe«, entgegnete Pacey. »Außerdem – das soll jetzt nicht gegen dich gehen, Jen – sind mir die Mädels in Capeside auf die Dauer einfach zu langweilig. Das ist mein Problem.«

Allmählich dämmerte es Jen. »Wo ist übrigens Andie?« fragte sie.

Pacey zuckte mit den Schultern. »Da mußt du mich nicht fragen. Andie wollte mehr Freiraum – und den habe ich ihr gegeben.«

Joey kam mit einem Tablett vorbei. »Das Essen ist gleich fertig«, sagte sie. »Und Andie und Jack sind mit ihrer Mutter nach Providence zu ihrem Vater gefahren.«

»Ich verstehe, was du meinst«, sagte Dawson zu Pacey. »An diesem Filmset brauchen wir auf jeden Fall einen Besetzungswechsel. Ich hätte auch nichts dagegen, ein paar neue Mädchen kennenzulernen.« Was das weibliche Geschlecht anging, konnte er wahrhaftig etwas Abwechslung brauchen. Gleich neben ihm saß Jen, das erste Mädchen, von dem er in Capeside den Laufpaß bekommen hatte. Am Tisch stand Joey, gleich die zweite, die ihm eine Abfuhr erteilt hatte. Vielleicht war es an der Zeit, es einmal in einer anderen Stadt zu versuchen...

Das brachte Dawson auf eine Idee. »Wir haben doch durch den Feiertag als nächstes ein langes Wochenende.

Warum machen wir nicht wieder mal einen Ausflug!« schlug er vor. Dabei hoffte er natürlich auf mehr Glück als bei ihrem letzten Abenteuer in New York. In Providence hatte er Glück gehabt und ein tolles Mädchen kennengelernt, damals, als er so niedergeschlagen gewesen war, weil Jen ihn verlassen hatte. Aber diesmal hatte er Lust auf einen Ausflug in eine ganze andere Richtung. An irgendeinen winterlich verschneiten Ort. »Was hältst du von Vermont? Wir könnten Ski fahren!«

»Das ist eine super Idee«, sagte Pacey. »Wenn man Millionär ist. Hast du eine Ahnung, wieviel die Zimmer an so einem Feiertagswochenende kosten? Zu viel jedenfalls. Besonders, wenn man auf die letzte Minute noch etwas bekommen will.«

»Stimmt«, räumte Dawson enttäuscht ein. Seine Visionen von ungetrübten Bergromanzen zerplatzten wie Seifenblasen. »Du hast wahrscheinlich recht. Ich habe noch nicht einmal genug Geld fürs Benzin gespart.«

»Ich liebe Vermont«, sagte Jen wehmütig. »Es ist so schön gemütlich da. Wir sind früher jedes Jahr in unsere Hütte...« Plötzlich erhellte sich ihre Miene. »Hey! Meine Eltern haben eine Hütte am Steep Mountain! Sie fahren da kaum noch hin«, sagte sie aufgeregt. »Und dieses Wochenende sind sie sicher nicht da...«

Dawson und Pacey sahen sie mit großen Augen an.

»Hast du Hütte gesagt? Am Steep Mountain?« vergewisserte sich Pacey.

»Ja genau«, sagte Jen fröhlich. »Ich glaube, es gibt kein besseres Mittel gegen Winterdepressionen als Skifahren. Was meint ihr?«

»Ich bin dabei«, sagte Pacey und wurde zum ersten Mal an diesem Nachmittag munter. »Ich kann ja auch Auto fahren...«

Dawson hob abwehrend die Hände. »Moment mal! Ich

weiß nicht, ob ich deine wilde, illegale Fahrerei zweieinhalb Stunden lang verkraften kann – besonders jetzt, bei Eis und Schnee«, sagte er.

»Hey, mittlerweile ist doch alles in bester Ordnung! Oder hast du vergessen, daß ich endlich den Führerschein bestanden habe?« sagte Pacey stolz. »Ich habe die offizielle Genehmigung des Bundesstaates Massachusetts. Das kannst du von dir noch lange nicht sagen, du Penner! Wenn du also nicht per Anhalter fahren willst, mußt du wohl bei mir einsteigen.«

»Das ist allerdings ein Argument«, sagte Dawson und gab klein bei. »Ich glaube, ich werde es riskieren. Wenn wir nur aus diesem Kaff verschwinden!«

»Was riskieren? Wohin verschwinden?« fragte Joey und stellte das Tablett auf dem Tisch ab. Sie reichte Dawson den Teller mit Cheeseburger und Pommes und Jen die Hähnchendippers.

Dawson machte sich sofort über seine Portion her, während Pacey sein Essen erst noch argwöhnisch beäugte. »Mmm, leckere Sauce heute!« neckte Dawson mit vollem Mund. »Nächstes Mal werde ich besonders unausstehlich sein. Was für ein Genuß!«

Joey lachte und sah sich im Restaurant um. Kein weiterer Kunde in Sicht. Sie schnappte sich einen Stuhl und setzte sich zu den anderen. »Los, sagt schon, wo wollt ihr hinfahren? Was Spannendes?« fragte sie die beiden Jungen voller Neugierde.

In dieser Sekunde hatte Dawson eine Erleuchtung. Frisch gefallener Schnee. Knisterndes Kaminfeuer. Vielleicht sogar eine Fahrt mit dem Pferdeschlitten. Vermont war im Winter einer der romantischsten Orte, die er kannte. Vielleicht sollte er lieber wieder mit Joey anbändeln und seine Traumfrau zurückerobern, anstatt neue Mädchen kennenzulernen, deren Zuneigung er sich nach einem turbulenten Wochenende ja gar nicht sicher sein konnte. Das Mädchen aus Providence hatte er auch nie wiedergesehen, obwohl sie per E-mail in Kontakt geblieben waren. Wenn er mit Joey zusammensein konnte, war alles andere doch sowieso egal.

»Wir fahren dieses Wochenende zum Skifahren«, erklärte Dawson. »Jens Eltern haben eine Hütte am Steep Mountain – da können wir umsonst wohnen. Kommst du auch mit?«

Joey zog interessiert die Augenbrauen hoch. »Steep Mountain? Klingt gut ... Leider muß ich am Wochenende arbeiten.«

»Das ist aber schade«, sagte Jen schnell. Pacey warf ihr einen skeptischen Blick zu. »Es wäre schön gewesen, wenn wir alle zusammen hinfahren könnten.«

»Hier ist doch zur Zeit gar nichts los«, warf Dawson ein. »Meinst du nicht, Bessie könnte dir freigeben? Wenn wir drei aus der Stadt sind, gibt es doch eh keine Gäste.«

»Ich kann eigentlich gar nicht Ski fahren, ich wollte es immer lernen ...« fuhr Joey nachdenklich fort.

»Da kannst du es auf jeden Fall lernen!« sagte Dawson eifrig. »Es gibt da auch einen Anfängerhügel, nicht wahr, Jen?«

»Ja«, antwortete Jen, nicht allzu begeistert.

»Na gut, ich kann ja einfach mal fragen«, sagte Joey. Sie stand auf, um ihre Schwester zu suchen. »Ich bin gleich wieder da.«

Als Joey weg war, sah Pacey Dawson mißmutig an. »Ich wußte es«, sagte er und schüttelte den Kopf.

»Was wußtest du?« fragte Dawson. Was hatte Pacey plötzlich für ein Problem? Manchmal war es wirklich schwierig mit seinen Launen. In einer Sekunde war er noch begeistert von Dawsons Idee mit dem Skifahren, und in der nächsten schien er schon wieder verärgert.

»Wie war das mit dem Drehortwechsel? Wie war das mit den neuen Bekanntschaften? Ich wußte, daß man mit dir schlecht auf die Jagd gehen kann, weil du immer nur von deiner Ex-Freundin träumst«, fuhr Pacey ihn an. »Oder hast du plötzlich vergessen, warum wir dringend einen Ausflug brauchen?«

Dawson schnappte nach Luft. »Ich träume ja gar nicht von ihr«, sagte er empört, obwohl er tief in seinem Innern wußte, daß Pacey recht hatte. »Ich wollte sie nur nicht ausschließen. Immerhin sind wir doch alle Freunde, oder?«

»Ja, natürlich«, sagte Jen schnell und schob sich einen Hähnchendipper in den Mund.

»Oh, ja«, meinte Pacey ironisch. »Die besten Freunde. Ist schon klar: Ich muß wieder alleine auf die Piste. Weil du alte Freundschaften pflegst.«

Das Gespräch brach abrupt ab, als Joey zurück zum Tisch kam. »Ratet mal!« rief sie aufgeregt. »Ich habe frei! Ich kann mitfahren!«

»Super!« rief Dawson begeistert, ohne sich weiter um Paceys Einwände zu scheren. Er konnte sich schon alles genau ausmalen: Joey würde hilflos auf ihren Skiern herumstolpern und direkt in seine starken Arme fallen.

Und was, wenn Pacey recht hatte? Aber Dawson mußte doch jede Chance nutzen, die sich ihm bot. Das ging Pacey einfach nicht in den Schädel.

»Okay, bis später dann«, verabschiedete sich Jen von Joey an der Tür zum Ice House und stieg zu Pacey in den Jeep, den er von seinem Vater geliehen hatte.

»Mach schnell die Heizung an!« flehte Dawson zähneklappernd.

»Wird gemacht«, sagte Pacey und legte den Rückwärtsgang ein. Der Wagen machte einen Satz, und Pacey trat kräftig auf die Bremse.

»Pacey!« rief Jen empört, die geradewegs auf Dawsons Schoß geschleudert wurde.

»Ich glaube nicht«, stöhnte Dawson, »daß ich das bis Vermont aushalten kann. Kannst du nicht wie ein normaler Mensch fahren?«

Jen lächelte Dawson an, bevor sie sich wieder aufrichtete. Es war schön, ihm wieder so nah zu sein, fand sie. Nach ihrer Trennung war es sehr lange schwierig gewesen, sich ihm gegenüber normal zu verhalten.

Als Pacey den ersten Gang einlegte und behutsam vom Parkplatz fuhr, beobachtete Jen Dawson von der Seite. Er sah ausgesprochen gut aus. Sie mochte es, wie das aschblonde Haar in seine Stirn fiel. Sie liebte die entschlossenen Linien seiner dunklen Brauen, die seine nachdenklichen braunen Augen noch zusätzlich betonten. Und ganz besonders gewinnend fand sie sein unschuldiges Lächeln, mit dem er aussah wie ein kleiner Junge. Ihr gefiel es, wie er von einer Sekunde auf die andere ernst werden konnte, zum Beispiel, wenn er über seine Filme sprach.

Dawson hatte keine Ahnung, wie anziehend er wirkte. Und genau das unterschied ihn von all den aufgeblasenen, eitlen Gockeln, mit denen sie vor ihm zu tun gehabt hatte.

Sie sah weg, damit Dawson ihr nichts anmerkte. Er fehlte ihr. Sie waren zwar noch großartige Freunde, aber in letzter Zeit vermißte sie, wie er im Schulkorridor treu und ergeben hinter ihr her gezockelt war. Und sie sehnte sich nach den Tagen zurück, als er noch vor ihrer Veranda herumgetrödelt war, nachdem er sie nach Hause gebracht hatte. Am meisten aber sehnte sie sich nach seiner Zärtlichkeit und seinen sanften, hingebungsvollen Küssen. Er war so leidenschaftlich gewesen, aber dennoch immer ein Gentleman. Das hatte ihr gefallen.

Ihr Leben war, was die Liebe anging, in letzter Zeit eher langweilig verlaufen. Nach Dawson hatte niemand sie mehr so abgöttisch geliebt. Sie fragte sich, ob ihr so etwas jemals wieder geschehen würde und ob es nicht ein Fehler gewesen war, sich von ihm zu trennen.

Aus diesem Grund war sie – ebenso wie Pacey – nicht sonderlich begeistert, daß Joey mit von der Partie war. Sie hatte nicht vorgehabt, Joey auszuschließen, aber sie war davon ausgegangen, daß sie sowieso arbeiten mußte. Während Pacey es auf neue Bekanntschaften abgesehen hatte, hoffte Jen, daß sie Dawson wieder für sich gewinnen konnte, vielleicht bei einem dampfend heißen Bad oder bei einem Candlelight Dinner in einer gemütlichen Kneipe.

Jen seufzte. Dazu würde es jetzt ja wohl nicht kommen. Er würde sich das ganze Wochenende über ausschließlich Joey widmen. Sie mußte einfach versuchen, sich damit abzufinden und trotzdem ihren Spaß zu haben.

»Wir sollten am Freitag nach der Schule so schnell wie möglich aufbrechen«, sagte Jen und zwang sich, nicht mehr darüber nachzudenken, was an diesem Wochenende alles passieren konnte und was nicht. »Es wird viel Verkehr geben. Besonders in Richtung Berge.«

»Kein Problem«, sagte Pacey.

»Ich packe meine Tasche schon vorher und bringe sie mit in die Schule«, meinte Dawson.

»Ich auch«, stimmte Pacey zu.

Nach ein paar Minuten bog Pacey in die Einfahrt vor Jens Haus. Trotz Paceys lausigen Fahrstils verspürte Jen nicht die geringste Lust, die wohlige Wärme des Lieferwagens zu verlassen. Aber sie straffte die Schultern und öffnete die Autotür. Eine Hagelböe schlug ihr ins Gesicht.

Jen zog ihre Kapuze fest zu und stieg aus. Hinter ihr kletterte auch Dawson aus dem Wagen. »Danke, Pacey«, rief er.

»Dito«, rief Jen, als Pacey schon wieder davonstob, und der rostige Jeep nur so über die Straße schlingerte.

Dawson drehte sich schnell noch einmal zu Jen um, bevor

er nach nebenan stapfte. »Bis morgen dann«, verabschiedete er sich.

»Bis morgen!« rief sie und lief zur Haustür. Wie sehr wünschte sie sich, Dawson hätte sie fest umarmt oder ihr einen sanften Kuß gegeben.

Aber der eisige Regen auf ihrem Gesicht riß Jen aus ihren Tagträumen. Sie eilte unter das Verandadach und gab acht, nicht auf den glitschigen Stufen auszurutschen.

Sie öffnete die Tür und wurde von einer wohligen Wärme umfangen, die ihr entgegenströmte »Grams!« rief sie. »Ich bin wieder da!«

Seit Jens gesellschaftliches Leben in äußerst eingeengten Bahnen verlief, hatte sie ihrer Großmutter keine Veranlassung mehr gegeben, sie durch das Fenster zu beobachten, wenn sie nach Hause kam. Die alte Dame wußte, daß Jen – leider! – von Dawson zur Zeit nichts zu befürchten hatte.

Wie erbärmlich, dachte Jen. Ihre Großmutter war zwar schon in mancher Hinsicht lockerer geworden, und sie waren sich seit Großvaters Tod nähergekommen, aber dennoch war sie in vieler Hinsicht immer noch unglaublich altmodisch und überängstlich.

Da traf es Jen wie ein Blitz aus heiterem Himmel. Der Atem stockte ihr.

Ihre Großmutter!

An sie hatte Jen bei den Plänen für das Wochenende überhaupt nicht gedacht.

Wie sollte sie ihr nur die Erlaubnis für den Ausflug mit ihren Freunden abluchsen?

»Sieh mal einer an«, sagte Doug Witter, als Pacey zur Haustür hereinkam. »Du hast tatsächlich den Mumm, dich hier blicken zu lassen, nach der Sache von heute nachmittag!«

Pacey zog seinen Mantel aus und schnürte seine Boots auf. Er verabscheute das Autoritätsgehabe seines Bruders, der auch wieder dieses Grinsen aufgesetzt hatte, das Pacey so sehr an ihm haßte. Das konnte nur bedeuten, daß er mal wieder in der Klemme saß.

»Was denn?« fragte Pacey gereizt. »Was habe ich denn jetzt wieder ausgefressen?«

»Dad wollte heute nachmittag mit dem Jeep weg«, sagte Doug über die Schulter, während er ins Wohnzimmer ging, wo er sich auf die Couch fallen ließ. Pacey folgte ihm auf den Fersen. »Aber der war aus irgendeinem Grund nicht da«, fuhr Doug fort. Er trug seine beste Unschuldsmiene zur Schau. »Hast du eine Ahnung, wieso?«

»Hat er denn meinen Zettel nicht gefunden, den ich ihm nach der Schule hiergelassen habe?« fragte Pacey. »Ich habe ihm doch geschrieben, daß ich den Wagen für ein paar Stunden nehme.«

Doug tat so, als denke er angestrengt nach. »Hm... einen Zettel, einen Zettel«, sagte er, nahm die Fernbedienung in die Hand und zappte geistesabwesend durch die Kanäle.

Pacey haßte es, daß er nie länger als ein paar Sekunden bei einem Programm bleiben konnte.

»Hmmm... warte mal!« sagte Doug und kratzte sich nachdenklich am Kinn. »Das war doch wohl nicht das Stück Papier in der Küche, in das ich mein Kaugummi eingewikkelt habe, oder?«

Pacey kochte vor Wut. Warum mußte Doug ihm ständig alles kaputtmachen? Er konnte einfach nicht verstehen, was für ein Vergnügen es seinem älteren Bruder bereitete, ihn immer wieder in Schwierigkeiten zu bringen.

»Weißt du was?« spuckte Pacey. »Ich würde meinen, daß man mit Mitte zwanzig etwas Besseres zu tun hat, als seinem Bruder das Leben zur Hölle zu machen.« Er ballte seine Hände zu Fäusten und mußte sich schwer zurückhalten, Doug nicht eins auf die Zwölf zu geben. »Ich wünschte, in Capeside würde es endlich ein Magazin mit nackten Männern geben, dann wärst du endlich ausgelastet!«

»Vielleicht sollte man in Capeside eine Versager-Kolonie aufmachen, da könnten wir dann Ausgestoßene wie dich unterbringen!« schoß Doug zurück.

Das war zuviel! Doug hatte an Paceys wundem Punkt gerührt, und Pacey konnte sich nicht länger beherrschen. Mit einem Satz war er bei Doug auf der Couch und rang ihn nieder. Er hob seine Faust, um seinem Bruder mitten in dessen breites Grinsen zu schlagen, aber der war schneller und stärker. Doug griff nach Paceys Faust und hielt sie fest, als ein lauter Ruf durchs Zimmer gellte.

»Pacey! Was machst du wieder!« Es war Sheriff Witter, und er klang nicht besonders fröhlich.

»Er hat es nicht anders gewollt!« sagte Pacey und sprang von der Couch.

»Ich hab' einfach nur ferngesehen«, sagte Doug unschuldig, »als dieser Psychopath hier auf mich draufgesprungen ist.«

»Das ist doch gar nicht wahr!« rief Pacey.

»Hast du schon mal daran gedacht, ihn zu einem Psychologen zu schicken, Dad? Oder sollen wir ihn in ein Heim für psychisch labile, mißratene Jungen stecken?« fragte Doug. Pacey geriet noch mehr in Rage.

»Genug!« brüllte Mr. Witter. »Pacey, geh auf dein Zimmer! Ich bin dein rücksichtsloses Benehmen leid. Ich dachte heute nachmittag schon, jemand hätte den Lieferwagen gestohlen!«

Pacey murrte vor sich hin, als er an seinem Vater vorbei die Treppe hoch in sein Zimmer ging. Das war einfach nicht fair! Sein Vater hatte es immer nur auf ihn abgesehen, ohne jemals ein böses Wort gegenüber dem heißgeliebten Deputy Doug verlauten zu lassen, dem er vorbehaltlos alles glaubte. Er fragte sich, wie er nur an diese außerirdische Familie geraten war.

Oder vielleicht war er selbst derjenige, der von einem anderen Planeten stammte. Denn wie um Himmels willen hatte er, Pacey Witter, als Sohn des Sheriffs und als jüngster von fünf Geschwistern geboren werden können? Und warum um alles in der Welt hatte er diese drei vielbeschäftigten Schwestern, die kaum mitbekamen, daß er existierte, und einen teuflischen Bruder, der irgendeine unerklärliche Fehde gegen ihn führte?

»Und das Auto ist vorläufig für dich gestrichen«, bellte Mr. Witter vom Fuß der Treppe hinter ihm her. »Verstanden?«

»Absolut«, entgegnete Pacey knapp, bevor er seine Tür zuknallte.

Er warf sich auf sein Bett. Super, wirklich super. Wie bitte schön, sollten sie nun am Wochenende nach Vermont kommen?

Mit oder ohne Auto – Pacey war entschlossen, das Wittersche Horrorhaus zu verlassen. Egal wie, er würde einen

Weg finden. Und vielleicht – wer wußte das schon genau? – würde er niemals wieder zurückkehren.

Jen hatte sich mit einem Buch auf die Fensterbank gesetzt. Sie las denselben Abschnitt wieder und wieder, unfähig sich zu konzentrieren. Resigniert legte sie das Buch zur Seite und sah hinaus in den Hagelsturm, und im Licht der Veranda sah es so aus, als fielen lauter Sterne vom Himmel.

Jen konnte ihre Großmutter, die das Abendessen vorbereitete, in der Küche herumwirtschaften hören. Sie mußte ihr den Ausflug nach Vermont noch unterjubeln, fragte sich nur, wie?

Welche Ausrede sollte sie sich einfallen lassen? Dutzende Ideen gingen ihr durch den Kopf. Sie konnte ihrer Großmutter erzählen, sie hätte sich dem Debattierklub angeschlossen, und an diesem Wochenende fände ein Wettkampf in Vermont statt. Aber nannte man das überhaupt Wettkampf beim Diskutieren? Sie wußte es nicht. Vielleicht sollte sie sich etwas ausdenken, womit sie sich besser auskannte.

Ein Verein... Sie konnte sagen, sie sei Mitglied des Skiklubs geworden, und der erste Ausflug ginge nun nach Vermont. Jen faßte sich nachdenklich ans Kinn. »Das könnte funktionieren«, überlegte sie. Sie würde Grams ein gefälschtes Anmeldeformular zeigen. Aber schon konnte Jen die endlosen Fragen hören, die sie stellen würde: Welche Aufsichtspersonen fahren mit? Wo wohnt ihr? Wie kann ich dich im Notfall erreichen? – Sie würde zu viele Lügen erzählen müssen. Nicht gut.

Sie konnte sagen, daß sie am Wochenende ihre Eltern besuchen wollte... Jen verwarf diese Idee sofort wieder. Ihre Mutter telefonierte viel zu oft mit Grams, und im Nu wäre die Sache aufgeflogen.

Aber sie fand Gefallen an der Vorstellung, ihre Eltern in die Planung mit einzubeziehen. Daraus konnte man etwas machen. Ihre Eltern hatten unglaubliche Schuldgefühle, weil sie sie nach Capeside verbannt hatten. Und von Grams wurde ihnen nur Gutes über sie berichtet.

Vielleicht sollte sie sich an eine höhere Autorität wenden als an ihre Großmutter? Jen lächelte ihrem Spiegelbild im vereisten Fensterglas zu. Das war eine hervorragende Idee: So konnte sie erreichen, was sie wollte! Sie würde das schlechte Gewissen ihrer Eltern ausnutzen, um von ihnen die Erlaubnis für den Ausflug zu bekommen. Und Grams brauchte sie dann gar nicht anzulügen.

Es war der perfekte Plan. Nun mußte sie nur noch mit ihren lieben Eltern Kontakt aufnehmen.

Jen stand von der Fensterbank auf und nahm den Telefonhörer von der Wandhalterung. Sie wählte die Nummer ihrer Eltern und betete, daß sie zu Hause waren. Wann wollten sie eigentlich abreisen, überlegte sie, während das Freizeichen ertönte. Sie hoffte von ganzem Herzen, daß sie noch zu Hause waren – sonst wäre alles verloren!

»Daddy!« Sie schrie fast in den Hörer, als ihr Vater an den Apparat ging. Sie war bereit, Papas kleines Mädchen zu spielen.

»Wie geht es dir, mein Schatz?« antwortete ihr Dad in gewohnt steifem Tonfall.

»Mir geht es gut. Ich wollte mit dir und Mom reden, bevor ihr nach London fliegt. Wann geht's denn los?«

»Mittwoch«, antwortete ihr Vater. »Aber deine Mutter ist gerade nicht da. Sie hat heute ihren Damen-Abend, du weißt schon.«

»Ach ja, richtig«, sagte Jen. Sie mußte zugeben, sie war etwas erleichtert, daß ihre Mutter nicht da war. Grams würde die Entscheidung ihres Vaters akzeptieren. Bei ihrer Mutter hingegen würde Grams sicherlich sofort zum Hörer greifen und so etwas Ähnliches einwenden wie: »Bist du sicher, daß das eine gute Idee ist?«

»Wann kommt ihr denn zurück?« fragte Jen und fügte leicht schmollend hinzu: »Wann sehe ich euch endlich einmal wieder?«

»Nächsten Mittwoch sind wir zurück in New York«, antwortete er. »Und wenn es dann weniger zu tun gibt, kommen wir dich bestimmt bald in Capeside besuchen. Das verspreche ich dir, Liebling. Wie läuft es denn so?«

»Das Wetter ist schrecklich. Ich vermisse dich, Daddy«, sagte Jen leicht quengelig. »Und ich vermisse den Winter in New York. Hier ist es so kalt, und es regnet immer nur...«

»Ja, aber im Moment verpaßt du gar nichts, mein Schatz. Hier ist genauso schlechtes Wetter. Ich glaube nicht, daß wir dieses Jahr noch Schnee bekommen.«

Das war die Gelegenheit, dachte Jen. Los jetzt! »Wenn du wüßtest, wie ich den Schnee vermisse. Ich denke so oft an unsere Ausflüge in die Hütte am Steep Mountain. Da waren wir schon so lange nicht mehr.«

»Ja«, antwortete ihr Vater leicht betrübt. »Es tut mir leid, daß wir in letzter Zeit so selten etwas gemeinsam unternehmen...« Seine Stimme brach ab.

Jen wußte, daß sie ihn jetzt genau da hatte, wo sie ihn haben wollte. »Ja also, ich habe mich gefragt...«, setzte sie zögerlich an. »Ich meine, von hier ist es nicht weit bis Vermont, und wir haben ein langes Wochenende vor uns. Könnte ich vielleicht am Wochenende die Hütte benutzen? Ein bißchen in den Schnee und mit ein paar Freunden Ski fahren?«

»Sicher, mein Schatz«, sagte ihr Vater, fügte aber noch zögernd hinzu: »Sie müßte frei sein. Aber du mußt versprechen, daß ihr nichts demoliert!«

»Ach, mach dir deshalb keine Sorgen«, beruhigte ihn Jen. »Ich möchte ja nur mit meiner Freundin Josephine« – sie betonte das, damit ihr Vater nicht dachte, sie würde nur mit Jungen hinfahren – »und mit unserem Nachbarjungen Dawson und Pacey Witter hinfahren.«

»Das klingt gut, Liebling«, sagte ihr Vater. »Du weißt ja noch, wo wir den Schlüssel immer verstecken?«

»Danke, Dad!« jubelte Jen. »Du bist der Größte!«

»Für dich tu' ich doch alles, Liebling«, entgegnete er. »Wie geht es übrigens deiner Großmutter? Ist sie da?«

Hervorragend, dachte Jen. Nun konnte er es ihr beibringen! »Moment, sie kommt gleich, Dad.« Sie rief nach Grams und sagte noch schnell zu ihrem Vater: »Ich habe noch keine Zeit gehabt, ihr von unseren Plänen zu erzählen...«

»Ich bringe es ihr bei«, bot ihr Vater an, ganz wie sie gehofft hatte.

Sie hörte, wie Grams unten im Flur den Hörer abnahm, verabschiedete sich von ihrem Vater und legte auf.

Das hatte ja alles wunderbar geklappt! Sie war frei. Bereit für ein dreitägiges Wochenende im Schnee, inklusive Skifahren, Spaß und, hoffentlich, einer kleinen Romanze.

Erwachsene, dachte sie, als sie nach ihrem Buch griff und erneut Posten auf der Fensterbank bezog. Sie sind ja so leicht zu manipulieren.

Dawson saß in seinem Zimmer und sah sich einen Kurzfilm an, den er selbst gedreht hatte. Er spulte zurück, als Joey auf dem Bildschirm erschien, auf dramatische Weise ihr Haar nach hinten warf und melancholisch über die Bucht blickte.

Er stoppte das Band. Der Film stammte noch aus ihren besseren Zeiten. Da hatte Dawson davon geträumt, ein berühmter Regisseur zu werden, mit Joey an seiner Seite – seiner Herzdame auf der Leinwand und im wirklichen Leben.

Das war einmal, dachte er trübselig. In letzter Zeit hatte er keinen neuen Film mehr drehen können. Das schreckliche Wetter und sein katastrophales Liebesleben hatten nichts von seiner kreativen Energie übriggelassen.

Er nahm die Kassette aus dem Recorder und blätterte in

seinem Notizbuch, um über Drehbuchideen für einen Film im Frühling nachzudenken. Er war fest entschlossen, sein derzeitiges Tief zu überwinden. Weder dem Wetter noch Joey würde er gestatten, ihm weiter aufs Gemüt zu drücken.

Er hörte, daß unten das Telefon klingelte. Da rief sein Vater auch schon: »Dawson! Telefon!« Dawson warf seinen Stift hin. Es war zwecklos. Wann immer er den Ansatz machte, kreativ zu werden, wurde er unterbrochen.

Wahrscheinlich war es bald sowieso Zeit fürs Essen, überlegte er, als er die Treppe hinuntertrottete, um das schnurlose Telefon in Empfang zu nehmen.

»Es ist Pacey«, sagte sein Vater und reichte ihm das Gerät.

»Danke«, sagte Dawson. »Was ist los?« fragte er ins Telefon.

»Gar nichts, Mann«, sagte Pacey bedrückt. »Alles ist eine einzige Mega-Katastrophe!«

»Wow«, sagte Dawson und lachte. »Im Trübsalblasen läuft dir heute so leicht niemand den Rang ab. Was ist denn jetzt wieder los?«

»Abgesehen von dem üblichen Schwachsinn hat mir Dad verboten, das Auto zu benutzen«, informierte ihn sein Freund. »Keine PS mehr! Weißt du, was das heißt?«

»Du mußt wieder zur Schule laufen?« fragte Dawson. Er hatte noch immer nicht begriffen. Er ging in die Küche und öffnete den Kühlschrank, wobei er das Telefon zwischen Hals und Schulter festklemmte.

»Nein! Es heißt, daß wir kein Auto für Vermont haben!« rief Pacey verzweifelt. »Aber von mir aus fahren wir auch mit dem Bus. Wir fahren auf jeden Fall. Ich muß hier raus. Meine Familie treibt mich echt in den Wahnsinn!«

»Okay«, sagte Dawson und schenkte sich ein Glas Soda ein. »Beruhige dich. Vielleicht können wir das anders regeln. Vielleicht gibt mir mein Dad das Auto fürs Wochenende. Wir haben doch sowieso zwei.«

»Das wäre cool«, sagte Pacey. Er klang schon wieder fröhlicher. »Glaubst du, daß dein Dad das macht?«

»Ich weiß es nicht, aber ich kann es versuchen«, raunte Dawson ins Telefon. Vielleicht war sein Vater irgendwo in Hörweite. »Aber du mußt versprechen, ausgesprochen vorsichtig zu fahren. Okay?«

»Ich verspreche es. Wenn's sein muß, fahr ich wie eine alte Oma – ich tue alles, um von meiner Familie wegzukommen, und von Mädchen, die sich nicht mit mir verabreden wollen.«

»Okay«, sagte Dawson. »Ich rufe zurück.«

Er legte auf und zögerte noch. Was würde sein Dad davon halten, Pacey am Wochenende mit seinem Auto fahren zu lassen? Wenn ich nur schon den Führerschein hätte, dachte Dawson zum x-ten Mal an diesem Tag. Es schien, als würde es sich noch Ewigkeiten bis zu seinem sechzehnten Geburtstag hinziehen.

Er wußte, daß es in solchen Situationen einzig auf die Strategie ankam. Mit traurigem Gesicht ging Dawson ins Wohnzimmer und setzte sich neben seinen Dad, der in seine Zeitung vertieft war.

Dawson seufzte laut.

Mr. Leery lugte über den Zeitungsrand. »Was ist los, mein Sohn?« fragte er.

»Ach«, sagte Dawson betrübt, »unser ganzer Plan für das Wochenende, von dem ich dir erzählt habe, ist nur gerade ins Wasser gefallen.«

»Du meinst den Skiausflug?« fragte sein Vater neugierig und legte die Zeitung zur Seite. »Warum? Was ist passiert?«

Dawson seufzte erneut. »Paceys Vater. Er ist nicht sehr großzügig, wenn es darum geht, seinen Wagen zu verleihen«, sagte Dawson und klopfte sich innerlich auf die Schulter. Wie geschickt spielte er seinem Vater doch die Bälle zu! »Und da Pacey als einziger von uns den Führerschein hat, sind wir aufgeschmissen.« Da hellte sich seine Miene plötzlich auf, ganz so, als wäre ihm gerade die rettende Idee gekommen. »Außer, wenn wir vielleicht ein Auto mieten könnten ...« fügte er hinzu.

»Das könnt ihr leider nicht«, belehrte ihn Mr. Leery. »Ich glaube, in Massachusetts muß man fünfundzwanzig sein, um ein Auto zu leihen.«

»Oh«, sagte Dawson niedergeschmettert. »Das bedeutet dann wohl das endgültige Aus für unser Wochenende im Schnee.«

»Was ist mit Jen oder Joey? Könnten sie sich von jemandem ein Auto leihen?« fragte Mr. Leery.

Dawson schüttelte den Kopf. »Nein. Bessie braucht ihren Lieferwagen selbst. Und Jens Großmutter hat auch nur das eine Auto.« Er zögerte. »Und ich halte sie nicht für jemanden, der sein Auto verleiht, wenn du verstehst, was ich meine.«

»Tja«, sagte Mr. Leery nachdenklich. »Das ist wirklich schade. Tut mir leid für euch, Kleiner«, sagte er und widmete sich erneut seiner Zeitung.

Dawson verließ der Mut. Er mußte seinem Vater stärker zusetzen. Nur wie? Sollte er ihn einfach frei heraus fragen? Er beschloß, noch einen weiteren Trick auszuprobieren, der in der Regel funktionierte. »Ja, es scheint, als wäre ich der einzige in Capeside mit großzügigen Eltern«, sagte er.

Mr. Leery ließ die Zeitung wieder sinken. »Junge, du kannst wirklich dick auftragen, wenn es dir unter den Nägeln brennt«, sagte er sichtlich unbeeindruckt von Dawsons Schmeichelei. »Wenn du schon fahren könntest, hätte ich kein Problem damit, mein Auto zu verleihen. Aber ich weiß nicht, wenn jemand anderes am Steuer sitzt. Pacey ...«

»Oh, Pacey ist ein ausgezeichneter Fahrer!« versicherte Dawson eifrig. »Wirklich, Dad! Er fährt absolut sicher.«

Mr. Leery warf ihm einen skeptischen Blick zu. »Gab es

da nicht vor kurzem das Drama, weil er beim Führerschein durchgefallen ist?«

»Ach, das«, sagte Dawson und machte eine wegwerfende Handbewegung. »Er ist wegen einer einzigen Frage durchgerasselt.« Dawson haßte es, seinen Vater zu belügen, aber das hier war einfach zu wichtig. »Beim zweiten Anlauf hat er mit Bravour bestanden. Ehrlich.« Wenigstens das stimmte.

Mr. Leery sah Dawson argwöhnisch an.

Dawson wußte, daß nun der Zeitpunkt gekommen war, die Dinge beim Namen zu nennen. »Hör mal, Dad«, bettelte er. »Ich würde es dir wirklich hoch anrechnen und dich glattweg zum coolsten Vater aller Zeiten ernennen, wenn du uns das Auto leihen könntest. Ich schwöre, wir werden absolut vorsichtig sein. Ich habe mich doch so schrecklich auf diesen Ausflug gefreut. Außerdem habe ich gehofft, wieder einmal mehr Zeit mit Joey verbringen zu können...«

»Das genügt«, fiel ihm Mr. Leery ins Wort. »Ich werde doch einer großen Liebe nicht im Weg stehen! Du kannst das Auto haben. Aber du bist voll und ganz verantwortlich dafür, das Auto in ordnungsgemäßem Zustand wieder abzuliefern«, fügte er bestimmt hinzu.

Dawson sprang auf. »Danke, Dad!« brüllte er. »Du bist der Beste!«

Als er aus dem Wohnzimmer lief, um Pacey anzurufen, reckte er anerkennend den Daumen in die Höhe. Seine Schmeicheleien hatte er ganz ehrlich gemeint. Sein Vater war wirklich großzügig und vor allem verständnisvoll. Dawson wußte, daß er sich sehr glücklich schätzen konnte, so einen Vater zu haben.

Nun konnte er nur noch hoffen, daß ihn am kommenden Wochenende das Glück, das er mit seinen Eltern hatte, auch in Sachen Liebe nicht verließ.

»Mensch, Dawson, stand dein Vater etwa unter Vollnarkose oder was?« fragte Joey ungläubig, als sie neben Jen auf den Rücksitz des Leery-Autos kletterte.

»Nein«, antwortete Dawson und drehte sich zu ihr um. »Was soll die Frage?«

»Ich kann einfach nicht glauben, daß er den größten Volltrottel von Capeside an das Steuer seines Wagens läßt, das ist alles«, sagte sie und nickte in Paceys Richtung.

Pacey fuhr herum und sah Joey genervt an. »Leute auf dem Rücksitz ohne gültigen Führerschein, die unerbetene Kommentare oder Witze über den Fahrer machen oder auch nur Ratschläge erteilen, werden unverzüglich des Fahrzeugs verwiesen.«

»Ist ja schon gut«, sagte Joey. »Zeig mir nur, wo der Sicherheitsgurt ist! Bist du auch sicher, Dawson, daß die Airbags funktionieren?«

»Jedenfalls ist es nett von Pacey, daß er uns fährt«, warf Jen ein und zog Joeys Sicherheitsgurt hervor, auf dem sie gesessen hatte. »Ich denke, wir sollten es ihm nicht so schwermachen.«

»Danke«, sagte Pacey scharf und startete den Wagen.

»Jedenfalls nicht, bis wir da sind«, fügte Jen noch mit Unschuldsmiene hinzu.

Pacey ignorierte diese Bemerkung und bog vom Schulparkplatz auf die Hauptstraße ab. Er stieß einen Jubelschrei aus. »Wir sind frei!« brüllte er. »Wir sind auf der Strecke!«

Während Pacey das Auto auf den Highway lenkte, lehnte sich Joey zurück und entspannte sich. Sie würden zweifelsohne ihren Spaß haben an diesem Wochenende. Sie hatte immer schon lernen wollen, wie man Ski fährt, aber nie genug Geld dafür gehabt. Sie hatte viel von dem Geld, das sie vergangenen Sommer im Ice House verdient hatte, gespart und das meiste davon für das College zur Seite gelegt. Aber ab und zu gönnte sich Joey auch einmal etwas – warum sollte sie also eine Gelegenheit wie diese nicht nutzen, wo sie doch für die Unterkunft nicht aufkommen mußten?

Joey konnte sich noch gut daran erinnern, wie sie als kleines Mädchen ein einziges Mal auf Skiern gestanden hatte. Ihre Mutter war mit ihr und Bessie zu einem kleinen Hügel in der Nähe gefahren, und Joey hatte es großen Spaß gemacht. Sie wußte noch, daß sie jedesmal lachen mußte, wenn sie in den Schnee fiel, während andere Kinder weinten, und sie nicht verstehen konnte, warum die bloß heulten. In den Schnee zu fallen machte doch Spaß!

Sie kicherte in sich hinein, als sie daran dachte, wie Bessie in die Skilehrerin hineingefahren war und sie zum Stürzen gebracht hatte. Sie erinnerte sich auch, wie Mom ihnen stolz vom Pistenrand aus zugewinkt und vor Vergnügen gelacht hatte.

Aber das war schon lange her.

Aus heutiger Sicht war es gar nicht mehr so witzig, beim Skifahren zu stürzen. Ganz bestimmt wollte sie keine Knochenbrüche riskieren. Plötzlich wurde ihr doch etwas mulmig. Schließlich hatte sie vergessen, wie man sich eigentlich auf Skiern bewegt. Nur der Spaß, den sie mit ihrer Mutter und Bessie gehabt hatte, war ihr in Erinnerung geblieben. »Ich hoffe, ich kann wenigstens noch auf Skiern stehen«, meldete sie ihre Bedenken an.

»Du machst das bestimmt gut«, sagte Jen zuversichtlich. »Heute morgen habe ich in der Zeitung den Schneebericht gelesen. Die Bedingungen in Vermont sollen hervorragend sein – Pulverschnee. Es ist für Anfänger viel leichter, wenn die Pisten nicht vereist sind.«

Dawson drehte sich zu den Mädchen um. »Ich will es dir gerne beibringen«, bot er eifrig an.

Das war genau das, wovor Joey Angst hatte. Nichts gegen Dawson, aber sie wollte so wenig Zeit wie möglich allein mit ihm verbringen. Das konnte nur zu Mißverständnissen führen – und sie wollte auf keinen Fall neue Hoffnungen in ihm wecken.

»Danke für das Angebot«, sagte sie, »aber ich habe gelesen, daß man beim Skiunterricht einige Probestunden gratis in Anspruch nehmen kann.«

Joey fuchtelte mit einer Seite herum, die sie aus einer Skizeitschrift herausgerissen hatte.

Dawson sah enttäuscht aus. »Aber meine Stunden sind auch gratis«, drängelte er.

Entweder hatte er den Wink mit dem Zaunpfahl nicht verstanden, überlegte Joey, oder er war einfach ein Masochist, der es noch deutlicher haben wollte. Joey riß sich am Riemen und sagte freundlich: »Nee! Das würde dir doch keinen Spaß machen, den ganzen Tag auf dem Anfängerhügel rumzurutschen. Ich hätte dann nur ein schlechtes Gewissen.«

Dawson drehte sich wieder nach vorn. Joey wußte, daß er verletzt war. »Wie du willst«, sagte er.

Es gab vieles an Dawson, was Joey liebte. Doch eine Beziehung über das derzeitige Maß hinaus wollte sie auf keinen Fall eingehen. Dafür genoß sie ihre Befreiung aus dem ganzen Gefühlschaos viel zu sehr. Sie wünschte nur, Dawson würde genauso denken.

Sie lehnte ihren Kopf an das Wagenfenster und sah hinaus. Allmählich wurden aus den Regentropfen dicke weiße Schneeflocken. Sie wurden größer und dichter und tanzten anmutig zu Boden wie himmlische Ballerinas mit weißen Rüschentutus.

»Seht nur!« rief Jen angesichts der zunehmenden Schneemassen. »Das wird ein Riesenspaß! Ich kann es kaum erwarten!«

»Und ich kann kaum erwarten, den Mädels am Hang meinen fetzigen Stil auf der Half-Pipe vorzuführen«, sagte Pacey aufgeregt.

Joey bemerkte, wie Dawson ihr einen kurzen Seitenblick zuwarf. »Ja, ich glaube, ich fahre auch Snowboard. Gute Möglichkeit, Mädchen kennenzulernen!«

»Das heißt nicht ›Snowboard fahren‹, sondern snowboarden«, korrigierte ihn Pacey. »Aber macht euch keine Gedanken, ich werde euch schon den richtigen Fachjargon beibringen.« Pacey nahm eine Hand vom Steuer und hielt sie Dawson zum Abklatschen entgegen. »Das wird ein wahres Fest für uns! Ich spüre es in meinen Knochen.«

»Gibt es in Vermont denn so viele Bergziegen?« fragte Joey. Sie konnte der Gelegenheit nicht widerstehen, Pacey zu ärgern. Aber dann bremste sie sich. Sie wollte Dawson keinen Grund zu der Annahme geben, sein Kommentar über neue Bekanntschaften hätte sie eifersüchtig gemacht. Denn das war sie nicht. Sie wünschte sich sogar sehnlichst, daß ihn jemand eine Weile von ihr ablenken würde.

Pacey schaltete das Radio ein und suchte einen College-Sender mit guter Musik. Joey wippte im Takt mit dem Kopf, während ihr Blick wie magisch von den niedrigen Farmhäusern, an denen sie vorbeifuhren, angezogen wurde. Der Schnee war so rein und weiß, daß er alles wie ein riesengroßer Teppich zu bedecken schien. Sie fand, die nackten Bäume mit ihren ausgestreckten Ästen wirkten wie große, elegante Tango-Tänzer.

Langsam arbeiten sie sich die kurvenreiche Bergstraße hinauf, von wo aus man eine herrliche Aussicht auf die malerischen Höfe und verschneiten Felsvorsprünge weiter unten hatte. Der pittoreske Anblick wärmte Joey das Herz. Sie war noch nie in Vermont gewesen, aber genau so hatte sie es sich vorgestellt.

Vor ihnen tauchten die gemütlichen Holzhäuser eines kleinen Dorfes auf. Sie fuhren an einer prächtigen weißen Kirche mit hohem, spitzem Kirchturm vorbei, die für die Gegend von Neuengland typisch war. Links und rechts der Straße reihten sich einige Kneipen auf, deren Namen Gemütlichkeit versprachen: »Kleine Feuerstelle«, »Schneeflocken-Hütte«, »Innsbruck« oder »Green Mountain-Gästehaus«. Schilder priesen Antiquitäten, Kunsthandwerk, hausgemachte Kuchen und Ahornsirup an.

Rauch stieg aus den Schornsteinen von ein paar älteren kleinen Häusern auf. Joey stellte sich vor, wie die Leute darin gemütlich um den Kamin saßen und bei heißer Schokolade vergnügt plauderten.

»Wir sind bald da!« rief Jen. »Nur noch zehn Minuten!«

Sie zeigte auf den Steep Mountain, der sich wie ein Wächter über das kleine Städtchen in den Himmel erhob. Er sah ziemlich hoch aus und trug seinen Namen ganz zu Recht, fand Joey. Sie konnte bereits die weißen Pisten, die sich an der Seite herunterschlängelten, erkennen und fragte sich, ob sie wohl jemals eine von ihnen hinunterfahren würde.

Jen dirigierte Pacey auf dem verschneiten Weg zur Hütte. Selbst Joey mußte zugeben, daß er ziemlich gut gefahren war. Sie war kein einziges Mal in Panik geraten, nicht einmal auf den steilen, kurvigen Strecken. Aber das wollte sie ihm natürlich nicht verraten.

Schließlich bog Pacey auf einen schmalen, unbefestigten Weg ab und schaltete die Scheinwerfer ein. Es dämmerte bereits, und Joey war froh, daß sie es noch vor Einbruch der Dunkelheit geschafft hatten.

»Fahr ganz durch! Die Hütte liegt am Ende der Sackgasse«, erklärte Jen.

Da tauchte auch schon im Scheinwerferlicht das bezauberndste kleine Haus auf, das Joey je gesehen hatte. Es war eine geräumige Holzhütte mit grünen Fensterläden, einem spitzen Dach, und einer großen verglasten Veranda, auf der alle möglichen Schaukelstühle und Holzstühle standen.

»Wir sind da!« rief Jen. »Willkommen im Lindley-Chalet!«

»Juhuuu!« brüllte Pacey und parkte in der Einfahrt. Kaum hatte er den Motor abgestellt, kletterten die vier auch schon aus dem Auto.

»Prima gefahren, Mann«, lobte Dawson und klopfte Pacey auf die Schulter. »Du hast uns ohne Probleme hierhergebracht. Mein Vater wäre stolz auf dich.«

»Stimmt«, sagte Jen. »Gut gemacht!«

Pacey zog die Augenbrauen hoch und sah Joey fragend an. Die blickte verlegen zu Boden. »Mhm«, murmelte sie und konnte nicht glauben, daß sie dabei war, ausgerechnet den Kerl zu loben, der sie am meisten nervte. »Ganz gut.«

»Es war mir ein Vergnügen, Ladies und Gentlemen«, sagte Pacey stolz und zog durchs offene Fenster an dem Hebel, der den Kofferraum öffnete. Joey und Jen gingen nach hinten und holten ihre Taschen heraus.

Als sie gerade ihren Rucksack aus dem Kofferraum nahm, traf Joey etwas Kaltes, Nasses am Kopf, dann am Rücken, am Bein, überall.

Joey schrie auf. Scheinbar aus dem Nichts wurden sie und Jen mit Schneebällen attackiert.

Die Mädchen ließen ihre Taschen fallen und sahen sich entschlossen an. »Das bedeutet Krieg!« verkündete Jen.

Joey formte eine Handvoll Schnee zu einer Kugel.

Wumm! Sie traf Dawson mitten ins Gesicht! Die Mädchen mußten über seinen verblüfften Gesichtsausdruck lachen. Mit diesem schnellen Gegenangriff schien er wohl nicht gerechnet zu haben.

»Volltreffer«, kommentierte Joey triumphierend.

»Guter Wurf!« stimmte Jen zu.

Sie liefen geduckt auf die andere Seite des Autos und beeilten sich, mehr Wurfgeschosse zu produzieren, wobei ihnen die Familienschaukel der Leerys als perfekter Schutzschild gegen die Jungen diente.

Joey lugte mit dem Kopf hervor, um einen Schneeball in Richtung Feind zu werfen. Klatsch! Da hatte auch sie einen mitten ins Gesicht abbekommen.

Kichernd schaufelte Jen mit den Händen einen Schneehaufen zusammen und warf schwungvoll eine große Menge in Richtung der Jungen, während Joey die beiden so lange bombardierte, bis sie schließlich gezwungen waren, in Deckung zu gehen.

Plötzlich tauchte Dawson vor ihnen auf, packte die überraschte Joey am Bein und zog sie in den Schnee. Sie fühlte sich, als fiele sie in eine Wolke.

»Waffenstillstand! Laßt uns Engel machen!« rief Jen und ließ sich rückwärts in den Schnee fallen. Die anderen taten es ihr nach und bewegten die gestreckten Arme und Beine im Schnee auf und ab.

Joey war rundum glücklich. Das hatte sie mit Bessie früher auch so gerne gemacht. Sie stand auf, um das Ergebnis zu begutachten, und lachte. »Sie sehen aus wie vier Pappfiguren«, sagte sie und war noch immer ganz in ihren rosaroten Kindheitserinnerungen gefangen. Es konnte einem fast angst machen, fand sie, wie schnell man vergaß, wie es als Kind gewesen war. Was würde sie dafür geben, wenn sie diese guten, alten Zeiten noch einmal zurückholen könnte.

Jen klopfte sich den Schnee von ihren Jeans. »Wir sollten

reingehen und trockene Sachen anziehen«, schlug sie vor. »Aber zuerst will ich euch noch ein paar Dinge zeigen.«

Sie nahm ihre Tasche und ging zur Garage hinüber, wo sie einen Zahlencode in den automatischen Türöffner eintippte. Drinnen in der Garage nahm sie einen Schlüsselbund vom Haken, schloß eine Tür auf, die ins Haus führte, und winkte die anderen herein.

Sie kamen in einen kleinen Flur mit Holzhaken und Regalen an der Wand. »Hier kommen die Skier und Stiefel und der ganze Kram hin«, erklärte Jen.

Dann betraten sie die Küche, die mit gemütlichen Holzmöbeln bestückt war. Tapeten mit malvenfarbenen Herzen und Blumen verzierten die Wände, und glänzende Kupfertöpfe und Pfannen hingen über dem Herd. »Ist deine Mutter irgendwo Chefköchin?« fragte Joey und sah sich das ganze Kochgeschirr an.

Jen lachte. »Ganz bestimmt nicht! Das ist nur Show! Meine Mutter kocht überhaupt nicht, das überläßt sie lieber anderen.« Sie reichte Joey einen makellosen Topf, um ihr den Boden zu zeigen. »Siehst du, wie sauber und glänzend der ist? Noch nie benutzt!« Dann ging sie zum Kühlschrank und machte ihn auf. »Da ist natürlich nichts drin«, sagte sie. »Wir müssen irgendwann einkaufen gehen. Aber es gibt Spaghetti und Sauce im Schrank, das können wir uns heute abend machen.«

Jen führte die drei ins Wohnzimmer, dessen Wände holzvertäfelt waren und das in Burgunderrot und Jagdgrün eingerichtet war. Am anderen Ende des Raums befand sich ein Kamin. »Wenn wir uns umgezogen haben, können wir ein Feuer machen, um uns aufzuwärmen«, bot sie an.

»Das ist wirklich super hier, Jen«, staunte Dawson. »Es war eine klasse Idee hierherzukommen!«

»Und es ist sehr nett von deinen Eltern, daß sie uns hier wohnen lassen«, fügte Joey hinzu. Pacey nickte zustimmend.

»Auf ihre alten Tage werden sie noch richtige Softies«, witzelte Jen und führte sie an der Treppe vorbei zu einer verschlossenen Tür. Mit der Hand auf der Türklinke machte sie eine dramatische Pause. »Und jetzt kommt der Clou«, sagte sie. Mit ausladender Geste öffnete sie die Tür zu einem Raum, in dessen Mitte ein großer Whirlpool für mehrere Personen stand.

»Oh, mein Gott!« keuchte Pacey. »Bringt mir die Mädels! Ich springe sofort hinein.«

»Äh...« ließ sich Dawson vernehmen, er klang verlegen. »Ich habe aber keine Badesachen mit...«

»Ich auch nicht«, sagte Joey geknickt.

»Kein Problem!« rief Pacey und rieb sich die Hände. »Nackt in den Pool, ich bin dabei!«

»Wenn du vorhast, da ohne Badehose reinzugehen, sag mir bitte vorher Bescheid, damit ich diesem Raum so weit wie möglich fernbleiben kann«, sagte Joey.

Jen lachte. »Es wäre zwar lustig, aber wir brauchen uns keine Sorgen machen. Meine Eltern lassen immer ihre Sachen hier. Die Hosen von meinem Dad werden zwar etwas zu groß für euch Jungs sein, aber irgendwie wird's schon gehen. Und ich glaube, ich habe noch einen alten Badeanzug hier.«

»Spielverderber!« sagte Pacey enttäuscht.

»Es macht auch so Spaß. Aber erst mal muß ich die Warmwasserheizung einschalten«, sagte Jen. Sie drehte an einem Schalter, und schon war ein blubberndes Geräusch zu hören. »Das dauert jetzt eine Weile, bis es warm ist.«

Sie stiegen die Treppe hoch, und Jen zeigte ihnen die Schlafzimmer. »Es gibt vier, also hat jeder von uns sein eigenes Zimmer«, erklärte Jen.

Joey folgte Jen und sah sich verzaubert um. In ihrem Zimmer angekommen, ließ sie ihre Tasche fallen und pellte sich aus ihren nassen Kleidern.

Eine gemütliche Hütte, ein knisterndes Feuer im Kamin, ein entspannendes heißes Bad und ein eigenes Zimmer – und all das mitten im Skiparadies. Ganz zu schweigen davon, daß das Ice House und ihr zu nachtschlafender Zeit schreiender Neffe in weiter Ferne waren. Vermont war genau so, wie sie es sich erhofft hatte. Einem wundervollen Wochenende stand nun nichts mehr im Wege.

Jen packte ihre Tasche aus und zog sich lange Ski-Unterhosen und ein Thermohemd an. Jetzt, da sie trocken und warm angezogen war, merkte sie, wie ihr Magen vor Hunger knurrte. Höchste Zeit, sich um die Spaghetti zu kümmern.

Sie tappte die Treppe hinunter in die Küche. Als sie den Schrank öffnete, fand sie die Nudeln genau da, wo sie immer waren. Sie nahm alles heraus, setzte einen Topf mit Wasser auf den Herd, öffnete das Glas mit der Sauce und füllte sie in einen anderen Topf.

»Mmm«, ließ sich Pacey hinter ihr vernehmen. »Ich bin von meiner außergewöhnlichen Fahrleistung ziemlich hungrig geworden«, sagte er. »Ich hoffe, ihr Führerscheinlosen habt gut aufgepaßt, wie man das macht. Ihr hattet schließlich einen hervorragenden Lehrmeister.«

»Hör mal, Rain Man«, sagte Joey, als sie in die Küche kam. »Krieg dich wieder ein! Es geht ja schließlich nicht um Nuklearphysik.«

»Wenn wir eingekauft haben, können wir uns was Feines kochen«, sagte Jen, um einen weiteren Schlagabtausch zwischen Joey und Pacey zu verhindern, und weil Dawson gerade um die Ecke kam, fügte sie noch hinzu: »Die Spaghetti sind in ein paar Minuten fertig.«

Pacey, Dawson und Joey deckten den Tisch, während Jen die Nudeln überwachte, bis sie fertig waren. Sie verteilte die

Portionen auf die bunten Steingutteller, und die vier setzten sich an den Holztisch und besprachen ihre Pläne für das Wochenende.

»Der Ort hat ein paar ganz ordentliche Lokale zu bieten«, sagte Jen. »Und in der Skihütte am Berg gibt es einen schönen, kleinen Pub mit einem großen Kaminfeuer und jeden Abend Livemusik.« Sie sah Joey an. »Da treffen sich viele schicke Skifahrer zum Après-Ski. Das sollten wir uns nicht entgehen lassen!«

Joey grinste über das ganze Gesicht. »Super!« antwortete sie begeistert.

Jen bemerkte Dawsons grimmige Miene. Ein hoffnungsloser Fall, dachte sie. Offensichtlich war Joey nicht das kleinste bißchen mehr an ihm interessiert, also würde er es früher oder später schon leid werden, ihr nachzuweinen, hoffte sie.

»Gibt es hier auch einen Fernseher?« fragte Pacey und wickelte sich Spaghetti um die Gabel. »Heute abend kommen die Simpsons.«

Jen schüttelte den Kopf. »Leider nein. Meine Eltern wollten, daß die Hütte ein richtiges Refugium bleibt. Sie haben sich schon aufgeregt, daß eine Telefonleitung gelegt werden mußte, damit man sie wegen Großvater im Notfall erreichen konnte. Aber wir haben ein paar altmodische Gesellschaftsspiele da.«

»Klingt gut«, meinte Dawson.

Jen fiel auf, daß alle die Spaghetti in Rekordzeit verschlangen. Sie fühlte sich so wohl in Gesellschaft ihrer Freunde, und sie freute sich, mit ihnen an einem Ort zu sein, der ihr so viel bedeutete.

Dawson, Joey und Pacey wollten unbedingt den Abwasch machen und aufräumen, also schlenderte Jen ins Wohnzimmer, um nach einem guten Spiel zu suchen. Sie öffnete einen Wandschrank nahe beim Kamin und sah sich die Kartons mit den Spielen an. Sie las die Namen laut vor, damit alle im Bilde waren, und Pacey kam zu ihr herüber und schaute ihr über die Schulter.

»Da hätten wir zum Beispiel Scrabble«, fing sie an.

»Nee«, war Paceys Reaktion. »Ich will nichts spielen, wobei man zu viel denken muß.«

Sie fuhr fort, die Spiele aufzuzählen. »Monopoly, Cluedo, Bluff, Stadt, Land, Fluß und...« Sie hielt inne und nannte zögernd den Titel: »Vorspiel?«

»Das ist mein Spiel«, sagte Pacey und nahm den Karton aus dem Schrank. »Erkunden Sie die intimsten sexuellen Geheimnisse Ihrer Freunde!« pries er wie in einem Werbespot an. »Cool!«

»Ich weiß nicht, wo das herkommt«, sagte Jen. »Das war früher nicht hier. Und da sind noch so ein paar merkwürdige Sachen: Psst, psst! und Kitzlige Angelegenheiten. Wer die wohl mitgebracht hat?«

Pacey zog die Augenbrauen hoch. »Ich vermute, deine Eltern amüsieren sich prächtig, wenn sie hierher kommen.«

Dawson lachte. »Laß mich mal sehen«, sagte er und kam zu ihnen herüber. »Zeig mal das Vorspiel!«

»Wie wäre es mit Bluff?« fragte Joey und kam hinüber ins Wohnzimmer. »Das spiele ich gern.«

Darüber mußte Dawson lachen. »Auf gar keinen Fall! Wir spielen das hier«, entschied er, nachdem er die Anleitung zu Vorspiel durchgelesen hatte. »›Beantworten Sie intime Fragen! Offenbaren Sie Ihre geheimsten Phantasien! Ziehen Sie ein Kleidungsstück aus oder zwei..!‹ – Das wird garantiert für gute Unterhaltung sorgen.« Pacey erhob die flache Hand und Dawson schlug triumphierend in schönster ›Gib mir fünf‹-Manier ein.

Jen seufzte. Ihr paßte die ganze Sache nicht. So ein Spiel stand auf der Verbotsliste ihrer Großmutter sicher ganz oben. Sie erinnerte sich an die Litanei, die Grams heute morgen vor der Schule heruntergebetet hatte. »Macht nichts kaputt! Nehmt keine Fremden mit in die Hütte! Und keine Partys!«

Jen warf Joey einen prüfenden Blick zu. Joey würde bei so etwas niemals mitspielen, schätzte sie. Dafür war sie viel zu schüchtern.

»Ich stelle schon mal die Figuren auf«, sagte Pacey. »Warum machen wir uns nicht ein Feuer – um in Stimmung zu kommen sozusagen«, schlug er mit verführerischer Stimme vor.

»Also, ich hoffe, du amüsierst dich mit Dawson«, sagte Jen. »Denn wir spielen nicht mit, oder, Joey?«

Joey sah erst in die eifrigen Gesichter der Jungen und dann zu Jen hinüber. »Oder?« wiederholte Jen unsicher.

Joey nickte entschlossen mit dem Kopf. »Doch«, sagte sie fröhlich. »Das spielen wir. Ich glaube, das wird Spaß machen.«

Jen zuckte mit den Schultern. Sie wollte nicht prüde wirken, was wahrscheinlich auch der Grund war, warum Joey mitspielen wollte. »Ist ja auch egal«, dachte sie. Sie wollte nur, daß es ihren Gästen gutging, schließlich war sie nicht verklemmt. Mit diesem Spiel sollte sie nun wirklich kein Problem haben.

Dawson nahm die Anleitung zur Hand und las laut vor. »Okay, Spielbrett aufstellen. Entsprechend der gewürfelten Augenzahl vorwärtsrücken. Es gibt vier Arten von Feldern: ›Frage‹, ›Aufgabe‹, ›Auswahl‹, ›Freibrief‹ oder ›eine Runde zurück‹. Wenn man auf dem Fragefeld landet, muß man die Frage beantworten, die ein anderer zieht. Wenn man auf ›Aufgabe‹ landet, muß man tun, was auf der Karte steht. Und wenn man auf ›Auswahl‹ landet, kann man sich aussuchen, ob man lieber ›Frage‹ oder ›Aufgabe‹ haben will.« Dawson zog die Augenbrauen hoch, als er weiterlas. »Wenn man auf ›eine Runde zurück‹ landet, gerät man nicht nur ins

Hintertreffen, man muß auch ein Kleidungsstück ausziehen. Heiße Sache!«

»Wow!« sagte Jen und versuchte, in Spiellaune zu kommen. »Was ist mit dem ›Freibrief‹? Was bedeutet das?«

Dawson las weiter vor. »Der Glückliche, der auf ›Freibrief‹ landet, nimmt eine Karte und darf sie behalten, bis er sich vor einer Frage, einer Aufgabe oder verlorenen Runde rettet, indem er die Karte an einen anderen weitergibt. Sieger ist, wer zuerst im Ziel ist. Achtung: Es ist wichtig, die Wahrheit zu sagen. Die Mitspieler können Ihre Glaubwürdigkeit in Zweifel ziehen! Wenn sich die restlichen Spieler darauf einigen, daß man nicht die Wahrheit gesagt hat, würfelt der oder die Betreffende um die Anzahl der Kleidungsstücke, die er oder sie ausziehen muß. – Wow!« Dawson konnte es nicht glauben. »Na, das wird aber spannend!«

»Mal ohne Scherz«, sagte Pacey. »Ich hoffe, ihr Mädchen habt nicht zu viele Lagen übereinander an. Macht euch darauf gefaßt...«

»Ich glaube, wir werden eine Lupe brauchen«, fiel ihm Joey ins Wort, »wenn du erst mal alles ausgezogen hast.«

»Nicht nötig«, verteidigte sich Pacey.

»Das werden wir ja sehen«, meinte Jen neckisch.

»Dann laßt uns anfangen!« drängte Dawson voller Ungeduld.

Sie stellten das Spielbrett auf den Kaffeetisch gleich neben dem Feuer, das inzwischen schon eine beträchtliche Wärme entwickelt hatte.

Jen gefiel es, wie die Schatten der Flammen über Dawsons Gesicht tanzten. Und je mehr sie darüber nachdachte, um so klarer wurde ihr, daß dieses Spiel vermutlich ein paar gute Gelegenheiten zum Flirten bereithielt.

»Okay, wer fängt an?« fragte Pacey, der genauso scharf auf das Spiel war wie Dawson. Er nahm den Würfel und warf ihn auf das Brett. »Sechs! Nicht zu schlagen!« sagte er zu Joey und reichte ihr den Würfel.

»Vier«, sagte Joey, nachdem sie gewürfelt hatte. Jen war die nächste, sie warf eine Eins. Dawson würfelte als letzter: eine Fünf. Es war also an Pacey, das Spiel zu beginnen.

»Und los geht's!« rief Pacey, während er den Würfel in seiner Hand schüttelte und ihn schwungvoll aufs Spielbrett warf. Leider sprang er vom Tisch mitten in den Stapel Holzscheite für den Kamin. »Übergetreten«, sagte Pacey überflüssigerweise und krabbelte auf allen vieren umher, um ihn zu finden.

»Wir spielen doch nicht Crap«, beschwerte sich Joey. »Du mußt den Würfel nur auf das Brett werfen.«

»Okay, okay«, sagte Pacey und zog ihn zwischen dem Holz hervor. Er würfelte erneut. Eine Drei. Er nahm eine Spielfigur und zählte die Felder ab. Als er das Männchen absetzte, zog er ein Gesicht, denn was er sah, gefiel ihm ganz und gar nicht.

Jen und Joey brachen in lautes Lachen aus und klatschten sich wie Basketballer gegenseitig auf die Hände.

»Eine Runde zurück!« rief Jen. »Und ein Kleidungsstück ausziehen!«

»Es hätte auch keinen Schöneren treffen können«, kommentierte Joey. »Enthülle bloß nicht zuviel, ich habe gerade erst gegessen!«

Jen fiel auf, daß Pacey irgendwie verlegen wirkte. Aber er atmete einmal tief durch und richtete sich auf. »Keine große Affäre«, sagte er und überschlug, was er alles anhatte. Er trug graue Jogginghosen, ein weißes T-Shirt und sonst nicht viel. »Das T-Shirt«, sagte er und zog es sich über den Kopf.

»Gut, daß wir Feuer gemacht haben, Kumpel«, meinte Dawson. »Sonst würdest du ruck, zuck erfrieren.«

Jen warf einen bewundernden Blick auf Paceys Oberkörper. Nicht schlecht, dachte sie. Wirklich nicht schlecht. Er war zwar nicht besonders kräftig gebaut, aber für seine schlanke, sportliche Figur hatte er einen ziemlich muskulösen Oberkörper.

»Sie sind an der Reihe, Ms. Potter«, sagte Pacey und reichte Joey den Würfel.

Joey würfelte und betete, alles außer einer Drei zu bekommen. »Vier«, sagte sie erleichtert und setzte ihre Spielfigur auf ein ›Freibrief‹-Feld. »Ja!« rief Joey triumphierend aus und reckte eine Faust in die Luft. Sie nahm die Karte rasch an sich und steckte sie weg.

Jen war als nächste dran. Sie hoffte, so viel Glück zu haben wie Joey. Sie würfelte eine Zwei. Erleichtert stellte sie ihr Männchen auf ein Fragefeld. Wenigstens mußte sie nichts ausziehen. Sie hoffte nur, die Frage würde nicht zu peinlich ausfallen.

Pacey zog eine Fragekarte aus der Schachtel. »Darf ich?« sagte er. Er räusperte sich und las: »Was war in Sachen Sex das Verrückteste, was Sie je in aller Öffentlichkeit getan haben?«

Jen schwieg eine Weile. Ihre wilden New Yorker Zeiten ermöglichten viele Antworten auf diese Frage.

Alle Augen waren auf Jen gerichtet, die fieberhaft in ihrer Erinnerung nach einer Geschichte suchte, die zwar witzig, aber nicht zu gewagt war.

»Du mußt eine Antwort geben«, drängelte Pacey. »Und sag nur ja die Wahrheit – sonst könnte dir schnell ziemlich kalt werden.«

»Okay, okay«, sagte Jen und besann sich rasch. »In Manhattan gibt es eine Bar, die heißt Bulls & Steers. Ein richtiger Rockerschuppen. Der Laden war ziemlich angesagt, viele bekannte Leute hingen da rum, obwohl er mitten im stinkenden Industriegebiet für Fleischverpackung liegt...«

Mit einem übertriebenen Gähnen brachte Pacey seine Ungeduld zum Ausdruck. »Ja, ja.«

»Jetzt kommt das Wesentliche«, versicherte ihm Jen. »Es ist nicht unüblich dort, daß die Frauen ihre Oberteile ausziehen und auf dem Tresen tanzen ...«

»Wie hieß der Laden noch?« fragte Dawson mit erwachtem Interesse.

»Bulls & Steers«, antwortete Jen.

»Und die Adresse?« fragte Pacey.

Jen winkte ungeduldig ab. »Das ist doch jetzt nicht wichtig. Laß mich zu Ende erzählen. Also habe ich mich eines Abends getraut und einfach mitgemacht. Ich habe mein T-Shirt ausgezogen, bin auf den Tresen geklettert und habe vor aller Augen in meinem BH getanzt.«

Dawson und Pacey bekamen vor Staunen den Mund nicht mehr zu, während Joey, wenngleich geschockt, fast so etwas wie Respekt empfand. »Wow!« rief sie. »Das war ziemlich mutig. Hat dich denn keiner von den Jungs belästigt?«

Jen schüttelte den Kopf. »Ich war mit meinem Freund da. Und Türsteher Bruno hat mich auch immer gut im Auge behalten.«

»Das will ich gerne glauben!« wieherte Pacey und klatschte laut Beifall. »Das war eine gute Geschichte. Dawson, du bist dran!«

»Na gut«, sagte Dawson und würfelte. Er warf auch eine Zwei, womit er ebenfalls auf dem Fragefeld landete.

Diesmal zog Jen eine Karte und las vor: »Beschreiben Sie Ihre Traumpartnerin!«

Dawson schwieg einen Augenblick und lächelte. »Gute Frage«, sagte er und dachte nach. »Also, sie ist natürlich intelligent ... und schön«, setzte er hinzu. Dann überlegte er wieder. »Ich möchte eine Partnerin, die ehrlich ist und mir nichts vorspielt. Und loyal sollte sie auch sein.«

Jen bemerkte, wie Dawson Joey einen Blick zuwarf, und sie nun, als er weitersprach, fest ansah. »Ich glaube, meine

Traumfrau ist eine, an deren Seite ich mich wohl fühle. Eine, der ich vertrauen kann, die alle meine Geheimnisse kennt. Und, was am wichtigsten ist, die auch mein bester Freund ist.«

Zeit zum Wachwerden, dachte Jen. Es war offensichtlich, daß Dawson von Joey sprach, die vor Verlegenheit rot geworden war und wegsah, weil seine Antwort ihr unangenehm war, wie Jen wußte.

Aber Pacey eilte zur Rettung. »Genehmigt. Ich bin wieder dran«, sagte er und löste die Spannung. Er würfelte und wanderte vier Felder vorwärts. »Frage«, sagte er, und wischte sich in übertriebener Erleichterung mit der Hand den nicht vorhandenen Schweiß von der Stirn.

Joey zog eine Karte aus der Schachtel. »Nennen Sie den ungewöhnlichsten Ort, an dem Sie es je gemacht haben!« las sie vor.

»Das ist leicht beantwortet«, sagte Pacey. »Das Klassenzimmer.«

Das war nur allzu wahr, wie Jen wußte. Er dachte dabei wohl an Miss Jacobs. »Die Einzelheiten kannst du dir sparen«, warf sie ein.

Joey würfelte als nächste. »Zwei«, sagte sie und landete damit auf einem Aufgaben-Feld.

Dawson nahm eine entsprechende Karte und las sie den anderen mit einem bedeutungsvollen Lächeln vor. »Sagen Sie jemandem des anderen Geschlechts, welches ihr oder sein größter körperlicher Vorzug ist!«

Jen mußte sich das Lachen verkneifen, als sie Joeys betroffenes Gesicht sah. Sie saß übel in der Patsche! Bestimmt hatte Joey nicht vor, Dawson ein Kompliment zu machen, aber andererseits würde es sie umbringen, Pacey etwas Nettes zu sagen.

Jen hatte jedoch nicht besonders viel Mitleid mit Joey, die ja genau gewußt hatte, worauf sie sich bei diesem Spiel einließ. Bestimmt würde sie sich jetzt mit ihrer Freibrief-Karte aus der Affäre ziehen.

Aber zu Jens großer Überraschung wendete sich Joey an Pacey.

»Du hast einen außergewöhnlichen Hintern«, murmelte sie.

»Was?« fragte Pacey. Ein verschlagenes Grinsen zog über sein Gesicht. »Ich habe leider nicht verstanden, was du gesagt hast.«

»Ich werde es nicht wiederholen«, erwiderte Joey kurz angebunden.

Jen brach in lautes Lachen aus.

»Was ist denn daran so witzig?« fragte Pacey.

Jen hielt inne. »Nichts«, sagte sie. »Das hat mich nur total überrascht.« Das stimmte zwar, aber noch viel witziger waren Paceys selbstgefälliges Grinsen, Joeys verlegene Grimasse und Dawsons finstere Miene.

»Ich fechte diese Antwort an!« rief Dawson plötzlich. »Ich glaube nicht, daß du die Wahrheit sagst.«

Jen stärkte Joey den Rücken. Denn was sie gesagt hatte, war schließlich keine Lüge, und Dawson sollte die Antwort nicht anzweifeln, nur weil sie ihm nicht in den Kram paßte. »Nicht nötig, Dawson. Ich bürge für sie. Es stimmt.«

Dawson biß sich auf die Lippen. »Dieses Spiel fördert nicht gerade das Denkvermögen«, sagte er bitter.

»Die Mädchen können einfach nicht anders«, johlte Pacey, stand auf und wackelte mit seinem Hintern herum. »Sie stehen eben drauf!«

»Das reicht!« rief Joey und rollte mit den Augen. »Ich habe nur ›außergewöhnlich‹ gesagt. Krieg dich wieder ein!«

»Mit etwas Glück könnt ihr ihn vielleicht bald ganz aus der Nähe betrachten ...«

»Mit etwas Glück steckt dir jemand hoffentlich bald

einen Skistiefel in die Klappe«, fuhr ihn Joey an. »Größe fünfundvierzig.«

»Ich bin dran«, warf Jen ein, um weiteren Streitereien vorzubeugen. Sie würfelte und landete auf einem Aufgabenfeld.

Pacey setzte sich wieder hin und zog eine entsprechende Karte. »Küssen Sie ein Mitglied des anderen Geschlechts auf den Mund!« las er und legte die Karte ab. »Mich darf man zusätzlich noch in den Hintern kneifen«, bot er an.

Aber Jen hatte nicht vor, Pacey zu küssen, soviel war sicher. Das war ihre Gelegenheit, sich einen Kuß von Dawson zu angeln, wonach sie sich ohnehin schon lange sehnte.

Sie wendete sich Dawson zu, der Joey einen süffisanten Blick zuwarf. Ohne ein weiteres Wort drückte Jen ihren Mund auf Dawsons weiche Lippen und küßte ihn leidenschaftlich.

Jen spürte, wie ein Gefühl von Wärme in ihr aufstieg und ihr Herz zu zerbersten drohte.

»Äh...« räusperte sich Pacey nach einer ganzen Minute. »Ich glaube, ihr habt die Aufgabe hinreichend erfüllt.«

Jen ließ langsam von Dawson ab, der sie mit zärtlichen Augen ansah. Jen zitterte am ganzen Körper, und das Herz hämmerte ihr in der Brust. Ganz ohne Zweifel: das war ein großartiger Kuß gewesen.

Wenn sie sich vorher noch nicht sicher gewesen sein sollte, jetzt war sie es. Sie wollte mehr von diesen Küssen, und sie wollte Dawson zurück. Unwillkürlich entfuhr ihr ein kleiner, zufriedener Seufzer; dann setzte sie sich wieder an ihren Platz am anderen Ende des Kaffeetisches.

Sie bemerkte, wie Joey ihr einen irritierten Blick zuwarf. War sie etwa eifersüchtig?

Dawson, immer noch ganz rot, war an der Reihe. »Frage«, sagte er, nachdem er seine Figur vorgerückt hatte.

Joey zog eine Karte hervor und konnte sich ein Kichern

nicht verkneifen. Sie räusperte sich und las vor: »Gehören Sie eher zum eifersüchtigen Typ?«

»Nein«, sagte Dawson mit Bestimmtheit. »Ganz sicher nicht.«

Jen und Joey sahen sich an und brachen in lautes Lachen aus.

»Was soll das?« rief Dawson. »Ich bin nicht eifersüchtig!«

»Diese Antwort fechte ich an«, sagte Joey und warf lachend die Karte auf den Tisch.

»Ich ebenfalls«, meinte Jen. Als Joey zu Pacey gesagt hatte, er hätte einen tollen Hintern, war Dawson beinahe vor Eifersucht geplatzt. Und Jen selbst hatte mehr als einmal mit seiner Eifersucht Bekanntschaft gemacht, als sie noch zusammen waren. Als ihr Ex-Freund Billy sie besucht hatte, war Dawson total fertig gewesen. Er hatte ihr auch eine Szene gemacht, als sie mit Cliff Elliot zum Schulball gegangen war. Die Reihe von Beispielen konnte sie endlos fortsetzen.

»Nein!« sagte Dawson. »Ihr irrt euch.« Er wandte sich an Pacey. »Hilf mir, Mann. Sag ihnen, daß sie falsch liegen.«

Pacey schüttelte bedächtig den Kopf. »Ich tu' es dir wirklich nicht gern an, mein Freund«, sagte er, »aber ich bin gezwungen, die Wahrheit zu sagen. Die beiden haben recht. Tut mir leid, aber ich fürchte, du stehst ein kleines bißchen zu weit auf der besitzergreifenden Seite.«

»Na toll! Dieses Spiel ist wirklich zu blöd!« rief Dawson verärgert.

»Wer wollte es denn unbedingt spielen?« fragte Joey herausfordernd.

Jen versuchte, Dawson zu beruhigen. »Es ist doch nur ein Spaß«, besänftigte sie ihn. »Du mußt jetzt darum würfeln, wie viele Kleidungsstücke du ausziehen mußt«, fügte sie schelmisch hinzu.

Dawson grollte und nahm den Würfel. »Vier!« rief er. »Ich werde mich zu Tode frieren!« protestierte er.

»Es ist gar nicht so schlimm«, versicherte ihm Pacey. Er mußte es wissen, denn er spielte schon seit geraumer Zeit mit nacktem Oberkörper.

Dawson zog einen Socken aus, dann den zweiten. »Die zählen für zwei«, sagte er und warf beide in Richtung Mädchen.

»Okay«, sagte Joey und schob die Socken beiseite. »Sagt ja niemand was dagegen.«

Dann zog er sein Sweatshirt aus. Darunter hatte er ein T-Shirt, das er sich auch noch über den Kopf zog.

Ohne Hemd und Socken ließ Dawson sich wieder auf seinen Stuhl fallen. Die Jeans hatte er noch an. »Der nächste«, sagte er ungeduldig.

Pacey war an der Reihe. Er würfelte aufgeregt, rückte drei Felder vor und schlug sich dann vor die Stirn: eine Runde zurück!

»Haha!« freute sich Jen.

»Okay, meine Damen. Das ist für euch!« sagte Pacey und ließ seine Jogginghose fallen. »Pech, daß ich noch eine Unterhose anhabe. Vielleicht habt ihr nächstes Mal mehr Glück.«

»Bis dahin leben wir in Angst und Schrecken«, meinte Joey. »Ich bin jetzt dran.«

Sie würfelte. »Fünf«, sagte sie und rückte vor. »Fragefeld.«

»Okay, Madame.« Pacey nahm diesmal eine Karte. »Ach, wie langweilig! Ihr kriegt immer die leichten Sachen!«

»Lies schon vor!« drängelte Joey.

Pacey seufzte. »Sind Sie im Moment verliebt?«

Jen bemerkte, wie sich in Joeys Gesicht Unbehagen breitmachte, während Dawson verstohlen grinste.

»Ich wiederhole«, sagte Pacey. »Sind Sie im Moment...«

»Ich habe schon verstanden«, entgegnete Joey knapp. Sie nahm kurzentschlossen ihre Freibrief-Karte und reichte sie an Jen weiter. »Hier, ich passe.«

Dawson bekam große Augen. »Was?« fragte er mit bebender Stimme, die seinen Ärger nicht verleugnen konnte. »Das willst du nicht beantworten? Das ist doch lächerlich! So eine leichte Frage.«

»Ich muß aber nicht antworten. Ich hatte ja einen Freibrief«, sagte Joey zu ihrer Verteidigung. »Jen ist diejenige, die jetzt antworten muß.«

Dawson warf Joey einen verletzten Blick zu. »Ich kann nicht glauben, daß du darüber nicht mit uns sprechen willst. Wir sind doch deine besten Freunde«, sagte er. Er stand auf und zog sein Sweatshirt wieder an. »Dieses Spiel ist nur was für total Unreife, die nicht in der Lage sind, sich auf intelligente Weise zu unterhalten«, murrte er und verließ den Raum.

Joey stützte den Kopf auf die Hände, während Jen und Pacey sie schweigend ansahen. Sie dachte nach und stand dann auf, um Dawson nachzugehen.

Pacey sah Jen verlegen an, als Joey das Zimmer verlassen hatte. »War vermutlich keine so gute Idee«, sagte er.

»Nein«, entgegnete Jen. »Überhaupt nicht.«

5

Dawson knallte seine Zimmertür zu und setzte sich aufs Bett. Er warf sich nach hinten und boxte in das knallrote Kissen – es hatte dieselbe Farbe wie Joeys leuchtender Rollkragenpullover, den sie heute abend trug. Er verstand nicht, was mit ihr los war. Hatte sie ihn mit Absicht verärgern wollen? Und warum konnte sie eine so klare, einfache Frage nicht beantworten? Spielte sie nur mit ihm, oder war es möglich, daß sie nie in ihn verliebt gewesen war?

Sicher, sie hatten sich mittlerweile getrennt, räumte Dawson ein, aber weh tat es immer noch. Er hatte das Bedürfnis, in Joeys Nähe zu sein. Aber er wußte nicht, wieviel er aushalten konnte, oder was besser war: ein einsames Leben ohne Joey oder ein Leben mit ihr unter emotionalen Qualen? Er wußte es einfach nicht.

Dawson streckte sich auf dem Bett aus, starrte an die Decke und holte ein paarmal tief Luft. Er mußte sich beruhigen. So wie es aussah, waren seine Pläne, Joey zurückzugewinnen, zum Scheitern verurteilt. Aber er wollte sich nicht das ganze Wochenende dadurch verderben lassen. Schließlich war er hergekommen, um sich zu amüsieren und nicht, um die ganze Zeit wegen Joey Trübsal zu blasen.

Wenn er sie nur vergessen könnte! Mit Pacey neue Leute kennenzulernen, war bestimmt ein Schritt in die richtige Richtung, schätzte er, aber dennoch war ihm wohl bewußt, daß es mehr dazu brauchte, seine Gefühle für Joey auszuradieren.

Eine innere Stimme sagte ihm, daß er Joey Potter niemals vergessen würde. Wie sollte er auch? Sie war Teil seines Lebens, solange er denken konnte.

Mit einem Ruck setzte Dawson sich auf, als er ein leises Klopfen an der Tür vernahm. Er antwortete nicht, aber ihm war ziemlich klar, wer das war. Die Tür öffnete sich langsam, und Joey stand auf der Schwelle.

»Es tut mir leid«, sagte sie sanft. Ihr braunes Haar hing ihr über die Schultern und glänzte so schön, daß er es am liebsten gestreichelt hätte. »Das war ein blödes Spiel. Ich vermute, wir haben uns von unserer... Sache noch nicht so gut erholt, wie wir dachten.«

»Unsere Sache?« fragte Dawson betrübt. »So nennst du das also?« Er spürte, wie der Ärger von neuem in ihm hochstieg.

Joey setzte sich zu Dawson aufs Bett. »Ich meine natürlich unsere Beziehung«, erklärte sie. »Ich möchte nur, daß wir über diese Gefühle hinwegkommen. Wir hatten das doch schon so oft. Es ist eben nicht der richtige Zeitpunkt für uns... und das weißt du auch. Wir kennen einander einfach zu gut. Wir sollten also dieses Hin und Her beenden, bevor wir es noch zum Äußersten treiben...«

Dawson schüttelte den Kopf. »Ich will dich nicht gehen lassen«, sagte er traurig. »Und ich will nicht, daß du dich von mir zurückziehst. Ich empfinde so viel für dich. Ich hatte gehofft, daß wir...« er suchte nach den richtigen Worten, »nach diesem Wochenende wieder zusammenkommen würden.«

»Das geht nicht, Dawson«, sagte Joey. »Es tut mir leid.« Weil Dawson so zerknirscht aussah, fügte sie hinzu: »Sieh mal, ich empfinde auch sehr viel für dich. Ich weiß nur nicht genau, welche Gefühle ich für dich empfinde und was sie bedeuten. Um das beurteilen zu können, brauche ich mehr Erfahrung. Vor allen Dingen möchte ich dir gegenüber ehrlich sein. Deshalb sage ich dir ja, daß ich es nicht für richtig halte, wenn wir wieder eine Beziehung anfangen.« Sie seufzte tief. »Zur Zeit jedenfalls nicht.«

»Ich soll also wie ein Trottel herumsitzen und darauf warten, daß du wiederkommst?« fragte Dawson verzweifelt.

»Nein«, sagte Joey und stand auf. » Das sollst du nicht.«

»Warte, Joey...« rief Dawson, als sie die Tür aufmachte. »Es gibt etwas, das ich wissen muß.«

Joey blieb stehen und verschränkte die Arme vor der Brust, ein Gefühl der Beklommenheit überkam sie. »Was denn?«

Dawson wußte, daß er diese Frage besser nicht stellen sollte, aber er konnte einfach nicht anders. »Du hast gesagt, daß du mich immer lieben wirst«, sagte er.

Joeys ließ hilflos die Schultern sinken.

»Also«, drängte Dawson. »Ich muß es wissen. Hast du das wirklich ehrlich gemeint? Hat dir unsere gemeinsame Zeit etwas bedeutet?«

»Natürlich hat sie mir etwas bedeutet, aber die Dinge haben sich verändert.«

Als Joey an dem großen Schlafzimmer vorbeikam, gab sich Jen alle Mühe, beschäftigt auszusehen. Sie packte ihre Kleider aus und hängte sie in den Schrank. Ihr tat Dawson leid, und sie hätte ihn gern getröstet. Er schien so verwundbar und verletzlich. Aber gleichzeitig hätte sie ihm gerne etwas Verstand eingeprügelt. Er hing so an Joey – genauso wie vor einem Jahr. Warum mußte er sich immer mit Haut und Haar in eine Beziehung stürzen? Als romantischer, sensibler Künstler war er ausgesprochen dünnhäutig und neigte dazu, schnell beleidigt zu sein.

Andererseits hatte Jen da leicht reden. Sie ließ sich ja gar nicht ernsthaft genug auf etwas ein, als daß sie verletzt werden könnte. Vielleicht war ihr Liebesleben in der letzten Zeit deshalb so ereignislos. Wollte sie wirklich eine intensive Beziehung mit Dawson eingehen? Oder suchte sie nur die Aufmerksamkeit eines Freundes? Sie wußte es nicht.

Jen widmete sich wieder ihren Kleidern. Nun, da sie sich auf den Schrank konzentrierte und nicht mehr versuchte, etwas von dem Gespräch zwischen Dawson und Joey mitzubekommen, bemerkte sie, daß auf der Stange bereits ein paar Kleider hingen. Neugierig nahm Jen den Schrankinhalt unter die Lupe.

Es waren Frauenkleider. Aber seltsamerweise gehörten sie nicht Jens Mutter – wenigstens sahen sie nicht danach aus. Sie waren alle etwa zwei Größen kleiner als die ihrer Mutter; und so lange war es nicht her, daß sie ihre Mutter zuletzt gesehen hatte – jedenfalls nicht lange genug, um sich zwei Kleidergrößen herunterzuhungern.

Es war nicht nur die Größe, die sie irritierte: es war auch der Stil. Ein aufreizendes, ultrakurzes Kleid, diverse erotische Nachthemden aus Satin und Spitze, längere Kleider mit hohen Schlitzen an den Seiten, tiefausgeschnittene, seidenglatte Blusen, das genaue Gegenteil zu dem nüchternen, konservativen Stil ihrer Mutter.

Aber wenn sie nicht ihrer Mutter gehörten, wem dann?

Jen versuchte, nicht darüber nachzugrübeln, als sie in ihr Bett krabbelte und das Licht ausknipste. Sie war einfach zu müde, und sie freute sich darauf, eine ordentliche Mütze voll Schlaf zu nehmen. Und sie wollte es auch eigentlich gar nicht wissen.

Pacey blätterte in seiner Sportzeitschrift. Er war zu aufgeregt zum Schlafen, denn er konnte den nächsten Tag kaum erwarten. Er schloß die Augen und stellte sich vor, was der neue Morgen für ihn bereithalten mochte: unberührter weißer Pulverschnee, der nur darauf wartete, von ihm durchpflügt zu werden. Horden von Mädchen, die sich darum rissen, mit ihm im Lift den Gipfel zu stürmen. Eine kühle Brise, die ihm bei der Abfahrt ins Gesicht wehte.

Er warf seine Zeitschrift zur Seite und legte den Kopf auf das Kissen. Das Beste an dem Ausflug war, einfach weg von zu Hause zu sein. Kein überfülltes, chaotisches Heim. Kein Doug. Kein Vater. Keine Regeln. Kein Videoladen. Und keine Schule.

Pacey konnte mit Sicherheit ohne all das auskommen. Er malte sich aus, einfach am Steep Mountain zu bleiben und jungen, hübschen Mädchen Snowboard-Unterricht zu geben. »Das wäre ein Leben, wie ich es mir immer erträumt habe«, dachte er. Wenn er nur das nötige Geld hätte und – nicht zu vergessen –, den Mumm!

Pacey war fest entschlossen, Dawson am nächsten Tag aufzuheitern, besonders nach dem Drama mit Joey. Etwas Aufmerksamkeit von anderen Mädchen würde Dawson mit Sicherheit guttun, und Pacey würde schon dafür sorgen, daß Dawson eine Neue kennenlernen würde. Was ihn, so ganz nebenbei, davor bewahren würde, das gesamte Wochenende dem Gejammer seines Freundes Gehör schenken zu müssen.

Neue und aufregende Bekanntschaften machen. Mit dem Snowboard die Piste herunterfegen. Allein sein. Pacey knipste das Licht aus und schloß die Augen, in der festen Absicht, die verschneite Bergwelt mit ihren atemberaubenden Pisten in seine Träume mit hinüberzunehmen.

Joey schnürte sich die Stiefel zu und schlich leise nach draußen. Die kalte Nachtluft jagte ihr Schauer über den Rücken, und sie zog rasch den Reißverschluß ihrer Jacke hoch. Vielleicht war es doch keine so gute Idee gewesen mitzufahren. Sie hätte wissen sollen, daß Dawson gleich wieder durchdrehte, wenn sie derart nah beisammen waren.

Aber es lag nicht nur an Dawson. Joey wußte, daß auch sie am Auf und Ab ihrer Beziehung nicht ganz unschuldig war. Beispielsweise mußte sie zugeben, daß ihr der Kuß zwischen Dawson und Jen nicht gepaßt hatte. Dadurch war ein Gefühl der Eifersucht in ihr aufgewühlt worden, das ihr nur allzu bekannt war aus der Zeit, als Jen noch mit Dawson zusammen war.

Hätten sie sich nur nie für dieses Spiel entschieden! Zuerst hatte sie gedacht, es könnte Spaß machen – eine gute Gelegenheit für sie, aus sich herauszugehen. Aber nach dem Wahrheits-Spiel, das sie einmal beim Nachsitzen in der Bibliothek gespielt hatten, hätte sie es eigentlich besser wissen müssen. Spiele, die mehr Hintergedanken zuließen als Dame zum Beispiel, eigneten sich nicht zum Zeitvertreib für Spieler beiderlei Geschlechts.

Joeys Stiefel knirschten im überfrierenden Schnee. Die Temperatur fiel rasch, und die Nacht war stockfinster. Aber sie war einfach zu aufgerührt, um ins Bett zu gehen. Ein kleiner Spaziergang und ein bißchen Zeit mit sich allein würden ihr den Kopf schon wieder freimachen.

Dawson Leery war ein harter Brocken. Ginge es nach Joeys Herz, würde sie zu ihm rennen, ihn umarmen und niemals wieder loslassen. Aber ihr Kopf sagte, daß sie zu jung war, um sich so fest an jemanden zu binden – besonders an einen, den sie schon ihr Leben lang kannte. Wieso sollte sie sich derart einschränken?

Joey bog auf die Straße ab und kickte einen Eisball vor sich her. Sie mußte daran denken, wie oft ihr Vater ihre Mutter enttäuscht hatte. Auch als ihre Mutter noch nicht krank gewesen war, hatte er sie betrogen, belogen und die Familie verlassen, bevor er letztendlich im Gefängnis gelandet war.

Joey wußte, daß ihr Vater schuld daran war, daß sie Menschen, besonders Männern, wenig Vertrauen entgegenbrachte. Woher wollte sie wissen, daß ihr nicht dasselbe widerfahren würde wie ihrer Mutter? Wenn sie mit Dawson Ernst machte, würde er sie dann auch enttäuschen?

Aber eine zarte, kaum vernehmbare Stimme sagte ihr, daß nicht alle Männer wie ihr Vater waren. Diese Stimme flüsterte ihr auch zu, sie solle Dawson noch eine Chance geben.

In der kalten Winternacht konnte Joey ihren Atem in kleinen Schwaden aufsteigen sehen. Nein, sagte sie zu sich selbst. Ihre Entscheidung war bereits gefallen. Sie wollte nichts Ernstes. Sie wollte nur ihren Spaß. Auf diese Weise konnte sie sicher sein, von niemandem enttäuscht zu werden.

Sie drehte sich zur Hütte um und stellte erstaunt fest, daß diese nicht mehr zu sehen war. Ganz in ihre Gedanken versunken, hatte Joey nicht gemerkt, wie weit sie sich entfernt hatte. »Bloß nicht verlaufen!« dachte sie.

Es war besser, zurückzugehen und zu schlafen, denn am nächsten Tag hieß es, früh aufstehen, und da wollte sie nicht unausgeschlafen und griesgrämig sein. Sie steckte ihre Hände tief in die Taschen, kehrte um und folgte dem Weg zurück zum ›Lindley-Chalet‹.

Morgen würde sie Skiunterricht nehmen, weit weg von Dawson und dem ganzen Gefühlschaos. Vielleicht würde sie am Nachmittag etwas Zeit allein verbringen. Der Gedanke, daß es etwas gab, worauf sie sich freuen konnte, tröstete sie.

Eines war jedenfalls sicher: Joey wollte sich weder von Dawson noch von ihren Gefühlen für ihn das Wochenende verderben lassen. Sie war fest entschlossen, sich zu amüsieren, koste es, was es wolle.

»Frischer Pulverschnee!« rief Pacey, als er am nächsten Morgen hinaus zum Auto lief. Die Schneeflocken segelten in dichtem Treiben zu Boden und raubten ihm beinahe die Sicht. Pacey breitete die Arme weit aus. »Ich kann es kaum erwarten! Das wird ein ganz großer Tag«, sagte er zu Dawson. »Das spüre ich.«

Jen kam mit Skiern und Stiefeln bepackt aus der Hütte. Sie trug einen hochmodischen, engen schwarzen Overall mit knalligen Streifen in Pink und Magenta. Pacey fiel natürlich sofort auf, wie hervorragend er ihre Kurven zur Geltung brachte. Er hoffte, er würde heute viele ähnliche Kurven zu sehen bekommen – was die Pisten anging und auch sonst...

Joey kam hinter Jen her und verschloß die Hüttentür. Sie trug Jeans und ihren blauen Winterparka. Mit ihrem einfachen, bodenständigen Stil eignete sie sich nicht besonders zum Skihäschen. »Passen denn auch noch die Sachen ins Auto, die wir ausleihen wollen?« fragte sie in die Runde.

»Das dürfte kein Problem sein«, sagte Dawson. »Auf dem Hinweg hatten wir ja schon Jens Skier und Paceys Snowboard dabei, und ich leihe mir nur ein Snowboard. Da ist bestimmt noch genug Platz für deine Sachen!«

»Terje hat jedenfalls schon einen gemütlichen Platz gefunden«, sagte Pacey, öffnete den Kofferraum und legte

Jens Skier hinein. Er war erleichtert, daß Dawson und Joey sich an diesem Morgen normal verhielten. Beide schienen sich Mühe zu geben, gut miteinander klarzukommen.

»Terje?« fragte Joey.

»Terje Hakkenson – Snowboard-Champion aus Norwegen. Der beste, den die Welt je gesehen hat«, erklärte Pacey.

»Und der ist im Kofferraum?« fragte Jen und warf einen Blick über Paceys Schulter.

Pacey lachte. »Nein! Ich habe mein Snowboard nach ihm benannt!«

»Wie ... abgefahren«, bemerkte Joey.

Pacey zuckte nur mit den Schultern. Nichts konnte ihm heute die Laune verderben – nicht mal Joeys Kommentare. Er fieberte den Pisten entgegen. Der Steep Mountain war ein hervorragender Berg zum Snowboarden. Es gab dort sogar eine Half-Pipe für Tricks und Stunts.

Pacey hatte sich das Board letztes Jahr besorgt, zusammen mit den schwarzen weiten Hosen, die für ein Optimum an Bewegungsfreiheit sorgten. Er hatte sich auch eine neongrüne Jacke und bequeme weiche Stiefel gekauft. Jetzt bekam er endlich die Gelegenheit, seine Ausrüstung auszuprobieren.

Als alle ins Auto geklettert waren, fuhr Pacey langsam den unbefestigten Weg hinunter. Es hatte aufgehört zu schneien. Gut, dachte er, bessere Sicht!

Er lenkte das Auto vorsichtig auf den Weg zur Skistation. Normalerweise hätten sie sich von Jens Hütte zu Fuß in Richtung Berg aufgemacht, aber Joey und Dawson mußten sich noch Skier und Board ausleihen.

Der Parkplatz füllte sich bereits, obwohl es erst acht Uhr war. »Sieht so aus, als gäbe es heute viel Betrieb«, bemerkte Dawson.

»Wie immer an langen Wochenenden«, entgegnete Jen.

Pacey parkte den Wagen, öffnete den Kofferraum und

hob vorsichtig sein Board heraus. Er ließ seine Finger über die geschliffenen Kanten gleiten. »Okay, Terje, Schätzchen. Machen wir uns bereit, ein paar Reißer kennenzulernen.«

»Was soll das denn nun wieder bedeuten?« fragte ihn Joey spöttisch.

»Reißer werden die Mädchen auf Snowboards genannt«, klärte Pacey sie auf.

»Wie auch immer. Die Snowboarder-Sprache zeugt von ungemeiner Reife«, erwiderte Joey.

Sie gingen auf ein großes scheunenähnliches Gebäude zu, auf dessen Dach eine riesige Wetterfahne wehte. Pacey stellte sich an einem der Schalter an. »Gibt's hier die Karten für den Lift?« fragte er.

Jen nickte. Sie zeigte auf eine Tür auf der rechten Seite. »Dann gehen wir da rein. Das ist die Skistation. Oben gibt es einen Pub, ein Café und eine Bar. Unten ist der Verleih und der Zubehör-Shop. Tut mir einen Gefallen und haltet mich von diesem Laden fern. Jedesmal, wenn ich da reingehe, kaufe ich noch mehr Skikram, den ich dann doch nicht brauche.«

»Mach dir keine Sorgen. Ich kann mir eh nichts leisten, also halte ich mich sowieso schon mal fern«, sagte Joey.

Nachdem sie die Karten für den Lift gekauft hatten, führte Jen sie zum Verleih. Pacey bewunderte die brandneuen Snowboards, die man sich ausleihen konnte. Aber keines von ihnen war so gut wie Terje, befand er.

»Ich werde auf alle Fälle Snowboard fahren«, sagte Dawson.

»Snowboarden, Dawson«, erinnerte ihn Pacey. »Nur blutige Anfänger sagen ›fahren‹. Kapiert?«

»Tut mir leid, Mann«, sagte Dawson. »Ich habe es bisher nur ein paar Mal ausprobiert. Ich kann mich zwar auf dem Brett halten, aber den richtigen Slang habe ich noch nicht drauf.«

»Ist schon okay«, meinte Pacey jovial und klopfte ihm auf

die Schulter. »Bleib einfach bei mir, und ich werde dir schon beibringen, was du sagen mußt.«

Während Jen Joey dabei half, Skier, Skistiefel und Stöcke auszusuchen, beriet Pacey Dawson bei der Wahl eines guten Snowboards. »Nimm ein Freeride-Board«, meinte Pacey. »Damit kannst du alles machen.«

»Okay«, sagte Dawson. »Und ich hätte lieber weiche Stiefel als harte.«

Der Serviceman nickte, nahm Dawsons Maße auf und ging nach hinten, um seine Ausrüstung zu holen.

»Deine Jacke ist ideal zum Snowboarden«, bemerkte Pacey und bewunderte Dawsons armeegrünes Outfit.

»Ich hasse die Jacken, in denen man aussieht wie ein ausgestopfter Schneemann. Die hier ist locker und bequem«, antwortete Dawson, »und wärmer als sie aussieht.«

Der Serviceman kam mit Dawsons Brett zurück. Nachdem die Bindung noch einmal überprüft wurde, waren die Jungs bereit. Sie schlenderten an die Theke, wo Jen und Joey immer noch warteten.

»Warum geht ihr nicht schon vor?«, sagte Jen zu ihnen. »Ich werde Joey noch helfen, sich zum Kurs anzumelden. Vielleicht treffe ich euch dann später auf der Piste.«

»Klingt gut«, sagte Pacey und reckte beide Daumen hoch. »Viel Spaß!«

»Wenn wir uns nicht auf der Piste sehen, dann treffen wir uns später, wenn die Lifte schließen, im Pub – am Kamin, falls es voll sein sollte, so gegen vier Uhr. Da gibt es Livemusik«, schlug Jen vor.

»Cool«, meinte Dawson. Er wandte sich an Pacey. »Dann los, Mann. Laß uns fahren ... äh, ich meine boarden! Ich habe Lust, den ganzen Berg durchzupflügen!«

Pacey grinste. Nun war Dawson so drauf, wie er gehofft hatte. »Zieh dich warm an, Steep Mountain!« rief er. »Wir kommen!«

7

»Warte! Du bist zu schnell!« Joey kämpfte sich in ihren Skistiefeln durch den Schnee und balancierte unbeholfen ihre Skier und Stöcke auf der Schulter. Hilflos sah sie zu Jen hinüber, die selbstbewußt einherschritt. Jedes einzelne Haar war an seinem Platz, und ihre Skier trug sie mit größtmöglicher Anmut durch die Gegend. Sie blieb stehen und wartete auf Joey.

»Danke«, sagte Joey und wäre fast über ihre Skier gestolpert. Plötzlich entdeckte sie das gelb-schwarze Schild der Skischule. Endlich waren sie da. Sie war erschöpft, noch bevor sie ihre erste Stunde angetreten hatte.

Joey sah sich den Hügel an. Er sah zwar eher wie eine Schneewehe aus, aber das genügte ihren Ansprüchen und Fähigkeiten voll und ganz. Was ihr weitaus weniger gefiel, waren die Horden von Kindern, die den Hügel bevölkerten. Ihr Mut sank jedoch vollends, als sie erkannte, daß sie die einzige über acht war. »Warum habe ich mich bloß für den Gruppenunterricht angemeldet?« fragte sie.

Jen zog eine Grimasse. »Weil Einzelstunden viel teurer sind. Aber es wäre wahrscheinlich das richtige für dich gewesen.«

Joey seufzte tief und stellte sich vor, wie sie zwischen kleinen schreienden Bälgern umherstolperte. »Super! Das wird ultrapeinlich! Bestimmt sind diese Kinder auch noch alle besser als ich.«

»Na ja, nimm's nicht so tragisch!« sagte Jen. »Dafür gibt der Lehrer dir vielleicht auch einen Lutscher, wenn du es gut machst.«

»Das ist gar nicht witzig«, bemerkte Joey trocken.

Sie ließ ihre Skier und Stöcke zu Boden fallen, als eine Frau mit einer Liste vorbeikam, um sie zu registrieren. »Ich bin Joey. Joey Potter«, sagte sie, während Jen ihr half, in die Bindung zu treten.

Die Frau sah sie überrascht an. »Oh!« sagte sie und blätterte in ihrer Liste. »Oh je. Ich glaube, deine Anmeldung war unleserlich.« Sie hielt Joey das Formular hin. Darauf war in dem Kästchen für das Alter nur eine Fünf zu sehen, die Eins davor war von einem Wassertropfen verwischt.

»Ich dachte, du wärst viel jünger, deshalb habe ich dich in diese Gruppe gesteckt.« Die Frau lachte verlegen. »Ich fürchte, die Erwachsenen-Gruppe ist schon weg. Sie sind mit dem Bus zu dem Anfängerhügel weiter unten gefahren.« Sie wies auf die Kinder um sie herum. »Da ist es nicht so bevölkert und weniger laut. Außerdem sieht einem niemand zu.«

Joey machte ein langes Gesicht. Nun würde sie also in der Kindergruppe festsitzen. Ein gefundenes Fressen für alle, die gern gaffen. Mit dem Finger würden sie auf sie zeigen. Jedesmal, wenn sie sich etwas Schönes vorgenommen hatte, mußte es eine Panne geben!

»Ich nehme sie«, hörte sie eine sonore Stimme hinter sich.

Joey wirbelte herum. Sie wurde von einem strahlenden Lächeln mit Grübchen begrüßt.

»Nimm du doch die Kinder, Joyce. Und ich kümmere mich um diese junge Dame«, sagte der geheimnisvolle junge Skilehrer.

Joey erwiderte sein Lächeln. Da stand einer der süßesten Typen, die ihr je untergekommen waren. Er hatte dichtes dunkelblondes Haar, das ihm leicht über die Schultern hing. Seine Grübchen fielen selbst durch den braunen Dreitagebart auf, und ein kleiner goldener Ring schaukelte in seinem linken Ohr. Joey fand, daß er ausgesprochen cool aussah – wie ein Surfer oder Rockstar.

Jen hatte bemerkt, wie sehr Joey von dem Skilehrer beeindruckt war und zwinkerte ihr zu.

»Ich bin Chad«, sagte der Skilehrer und streckte eine Hand aus. »Aber ihr könnt Stinky zu mir sagen.«

Joey und Jen mußten lachen.

»Nicht, daß ihr auf falsche Gedanken kommt«, sagte er und hob abwehrend die Hände. »Das hat mit meinem Stil auf dem Snowboard zu tun. Wenn man mit geöffneter Körperhaltung fährt, heißt das ›Stinkbug‹, nach den Käfern mit ihren langen Beinen. Es hat also nichts mit meinem gepflegten Äußeren zu tun.«

»Das werden wir noch zu beurteilen haben«, neckte ihn Jen. »Ich bin Jen Lindley. Und das ist Joey Potter.«

»Hallo« sagte Joey und hob flüchtig die Hand.

»Das mit der falschen Gruppe war unser Fehler«, sagte Stinky, »also bekommst du Einzelunterricht zum selben Preis. Einverstanden?«

Joey war mehr als einverstanden. »Klasse!« sagte sie begeistert. Sie drehte sich zu Jen um und lächelte sie vielsagend an. »Danke für deine Hilfe. Ich glaube, jetzt bin ich in guten Händen«, sagte sie und kicherte. »Du kannst jetzt ruhig gehen!«

Aber Jen schien gar nicht gehen zu wollen. »Äh... gut dann«, stammelte sie. »Ich werde dich abholen, wenn du fertig bist. Wir können dann zusammen ein paar leichtere Pisten ausprobieren. Um welche Zeit soll ich vorbeikommen?«

»Ungefähr in drei Stunden«, sagte Stinky. »Zur Mittagszeit.«

»Okay«, sagte Jen und rührte sich immer noch nicht vom Fleck.

»Los jetzt«, sagte Joey und jagte Jen davon. Sie konnte es nicht erwarten, mit dem Unterricht anzufangen. »Du willst doch nicht, daß es am Lift zu voll wird. Vielleicht findest du ja Dawson und Pacey. Bis später!«

Endlich schien Jen zu reagieren. »Bis später dann«, sagte sie. »Und viel Spaß!«

Als Joey in Stinkys lächelndes Gesicht blickte, gingen ihr Jens letzte Worte noch einmal durch den Kopf. Es sah ganz danach aus, als sollte sie auch endlich einmal Spaß haben.

Pacey und Dawson fuhren mit dem Sessellift nach oben und fieberten ihrer ersten Abfahrt entgegen. Es ging immer höher und höher hinaus, während Pacey gebannt auf die Berglandschaft starrte. Zwischen majestätischen schneebedeckten Gipfeln ragten hohe grüne Kiefern in einen tiefblauen, wolkenlosen Himmel, von dem die Sonne mit aller Kraft auf sie herabschien.

Der Tag war nahezu perfekt. Gerade kalt genug, um zu merken, daß Winter war. Aber dennoch gut auszuhalten, denn es gab keine schneidenden arktischen Winde. Pacey konnte schon jetzt erkennen, daß die Bedingungen ideal waren. Auf dem Berg lag ausgezeichneter tiefer Pulverschnee.

Die beiden hatten beschlossen, ein paar Abfahrten zum Warmlaufen zu machen, bevor sie an die Half-Pipe gingen, wo man Sprünge und akrobatische Tricks ausprobieren konnte. Das war so ganz nach Paceys Geschmack. Er liebte es, in der U-förmigen Röhre von der einen Seite auf die andere zu gleiten und genau den richtigen Schwung für eine Drehung oder einen Sprung oder gar einen Handstand aufzubauen. Das gab ihm einen ungeheuren Kick.

An der Bergstation stiegen Pacey und Dawson gleichermaßen gekonnt vom Lift. »Bereit, Kumpel?« fragte Pacey.

»Bereit«, bestätigte Dawson und zog seine Handschuhe an.

Pacey nickte seinem Freund zu. »Du zuerst. Wir nehmen die lange blaue Abfahrt, die querfeldein geht. Ich glaube, sie heißt ›Hexenbesen‹.«

»Roger«, antwortete Dawson, kontrollierte noch einmal die Bindung und ging leicht in die Knie, um loszufahren.

Für einen Skifahrer hielt sich Dawson hervorragend auf dem Board, fand Pacey. Mühelos startete er hinter Dawson und sog die frische Bergluft tief in seine Lungen. Der unberührte Schnee wirkte wie frisch aufgebürstet – Samt nannten das die Experten.

Pacey legte einen Zahn zu und schwang sich mühelos den Hang hinunter. Mit schnellen, weichen Bewegungen zeichnete er Schleifen in den Schnee. »Juhuuu!« schrie er, als er Dawson überholte.

Er raste weiter talwärts und beschränkte sich dabei auf Gleiten und Carving. Die scharfen Sachen sparte er sich für die Half-Pipe und die Mädels auf – in welcher Reihenfolge auch immer.

Am Fuß des Berges angekommen, bremste Dawson haarscharf vor Pacey, der schon vor der Liftstation wartete. Die Schlangen wurden mittlerweile länger. Vielleicht sollten sie schnell noch eine lange Abfahrt machen, solange dies möglich war.

»Gib mir fünf!« Pacey schlug Dawson gegen die erhobene Hand. »Echt super! Wie ein Profi!« ermunterte er ihn.

»Danke«, antwortete Dawson. »Ich bin zwar kein Pacey Witter auf Terje, aber ich gebe mein Bestes.«

Pacey lachte. Er hielt inne, als er plötzlich eine Gruppe Mädchen mit Snowboards entdeckte, die sich ebenfalls anstellten. »Los, schnell, an die Schlange!« drängte er Dawson. »Beeil dich!«

»Warum die Hektik?« fragte Dawson.

Pacey wies auf die Mädchen, und Dawson verstand sofort. Ohne ein weiteres Wort folgt er Pacey durch die roten Absperrseile bis zu der Schlange, in der die vier Mädchen warteten.

»Ich weiß nicht, ob ihr schon oben wart. Wir hatten jedenfalls gerade eine klasse Abfahrt«, eröffnete Pacey das Gespräch, nahm die Sonnenbrille ab und strahlte die Mädchen an.

»Wir sind eben erst angekommen«, antwortete eine kleine Blonde. Ihre Freundinnen drehten sich um und nahmen Pacey und Dawson in Augenschein.

»Super Bedingungen«, fuhr Pacey fort. »Ich sag's euch.«

»Cool«, sagte eine große Brünette. »Wo kommt ihr denn her?«

»Massachusetts«, warf Dawson ein. »Ich bin Dawson, und das ist Pacey.«

»Ich bin Carla, das ist Suki, das JoAnne, und das ist Fran«, antwortete die Blonde. »Wir sind aus Connecticut.«

Pacey nickte. »Von wo genau...« fing er an, als seine Augen plötzlich vor Schreck riesengroß wurden. Ein lila Fleck kam mit affenartiger Geschwindigkeit auf ihn zugerast. Und er schien nicht stoppen zu wollen.

Bevor Pacey noch groß reagieren konnte, fetzte der Fleck mitten durch die roten Seile und krachte in ihn hinein.

Er wußte kaum, wie ihm geschah, als er versuchte, seine neongrünen Arme aus der Umklammerung zweier lilafarbener Beine zu befreien.

Ein außer Kontrolle geratenes Etwas in Lila war ihm kräftig in die Parade gefahren. »Tut mir leid«, hörte er eine Stimme sagen, dann begriff er, daß ihn ein Mädchen im wahrsten Sinne des Wortes umgeworfen hatte.

Dann hörte er Dawsons Stimme: »Alles okay mit dir? Ist einer von euch verletzt?«

»Ich glaube, ich bin okay«, sagte das Mädchen und fragte dann Pacey: »Du auch?«

Pacey nickte nur stumm. Er war so wütend, daß er nicht einmal sprechen konnte. Die vier süßen Mädchen vor ihm in der Schlange kicherten und tuschelten und gingen weiter die Treppe hoch.

Gerade, als es anfing zu laufen, hatte ihn dieser Tornado überrollt. »Du hast die Sache ja wohl überhaupt nicht im Griff!« platzte er endlich heraus, als er sich wieder aufgerappelt hatte.

»Ich weiß«, sagte das Mädchen verlegen. Dawson half ihr, das Gleichgewicht zu halten. »Ich bin Anfängerin. Ich wußte einfach nicht, was ich tun sollte. Ich glaube, ich lasse lieber erst mal die Finger davon.« Ihr Gesicht war knallrot. Pacey wußte nicht, ob vor Verlegenheit oder vom Sturz in den Schnee. Ihm fiel auf, daß auch ihr Haar rot war – dunkelrot, zu einem Pferdeschwanz gebunden, ein paar Nuancen dunkler als ihr Gesicht.

»Kann ich das irgendwie wiedergutmachen?« fragte das Mädchen zerknirscht.

»Vergiß es«, grollte Pacey und sah, wie die Reißer vor ihm den Lift bestiegen.

»Also dann, wir sehen uns«, sagte das Mädchen verlegen.

»Das will ich doch nicht hoffen«, murmelte Pacey, als sie auf die Skistation zufuhr.

»Bist du sicher, daß du okay bist?« fragte Dawson, als sie sich wieder in die Schlange stellten. »Das war aber ein Zusammenstoß!«

»Erspar mir die Demütigung, ich hoffe, ich werde es überleben«, murmelte Pacey. »Hast du gesehen, wie die Mädels über mich gelacht haben?«

»Das heißt nur, daß sie es nicht wert sind«, sagte Dawson. »Sie hätten wenigstens nachfragen können, ob dir etwas passiert ist.«

»Oder mich bemitleiden«, fügte Pacey hinzu. Er schüttelte den Kopf und straffte die Schultern. Er hoffte, sie würden schnell ein paar andere Mädchen kennenlernen. Wenn ihm nur dieser Feuermelder nicht wieder über den Weg liefe!

Jen fuhr in großen Bogen den Berg hinunter und bremste im Auslauf. Sie sah auf die Uhr. Gleich halb zwölf. Zeit, Joey abzuholen.

Das Skifahren machte ihr zwar Spaß, aber sie war den ganzen Morgen allein gewesen. Dawson und Pacey waren ihr nicht begegnet, auch hatte sie niemanden entdeckt, der ihr Interesse geweckt hätte.

Joey konnte von Glück sagen, daß sie Unterricht bei diesem Traumtypen hatte. Sie fragte sich, wie es ihr wohl erging.

Als sie auf den Anfängerhügel zuglitt, sah sie, wie Joey und Stinky langsam den Hang hinunterfuhren. Joey lachte und führte mühelos einen Schneepflug aus. Jen war begeistert, welche Fortschritte sie in so kurzer Zeit gemacht hatte.

»Hey!« rief Jen ihr von oben zu.

Joey winkte zu ihr hinauf und grinste über das ganze Gesicht. Sie und Stinky ließen sich von einem kleinen Schlepplift zu ihr nach oben ziehen.

»Sieht aber schon gut aus!« sagte Jen.

»Das habe ich Stinky zu verdanken«, gab Joey das Kompliment weiter. »Wir sehen uns später in der Skistation«, sagte sie zu ihm und winkte ihm zum Abschied zu. Er löste die Bindung seiner Skier und ging davon.

»Super!« rief er noch. »Dann bis später!«

»Später? In der Station? Erzähl mal!« drängte Jen.

Joey strahlte. »Er wird den Abend mit uns verbringen.« Sie dachte kurz nach. »Wenn ich es mir recht überlege, sollte ich mich vielleicht woanders mit ihm treffen, du weißt schon, ohne die Gruppe. Vielleicht ist es keine gute Idee wegen Dawson, wegen gestern abend und so...«

Jen nickte. »Vorsicht ist besser als Nachsicht, sage ich immer. Also hat es Spaß gemacht?«

»Es war wunderbar«, sagte Joey. »Stinky ist wirklich ein genialer Lehrer. Ich fühle mich jetzt sicher auf den Dingern. Und abgesehen davon ist er ja wohl total scharf.«

»Das ist mir auch nicht entgangen«, stimmte Jen zu. Sie sah wieder auf die Uhr. »Willst du jetzt schnell was essen oder die grüne Abfahrt mit mir machen?«

»Ich glaube, ich bin bereit für Grün, vorausgesetzt, wir fahren langsam«, antwortete Joey.

Jen zeigte ihr den Weg zu einem Lift ganz in der Nähe, der zwei Ausstiegsmöglichkeiten hatte. Anfänger konnten an der ersten Station aussteigen und Experten bis ganz nach oben fahren.

Sie standen gerade in der Schlange, als Jen jemand in ihrem Rücken spürte.

»Hallo?« hörte sie eine tiefe Stimme hinter sich sagen. »Sorry, aber wißt ihr, wie spät es ist?« Er sprach mit Akzent.

Jen wirbelte herum und sah in die blauen Augen eines großen, dunkelhaarigen, gutaussehenden Typen. Er strich sich die Locken aus der Stirn.

»Es ist zwanzig vor zwölf«, antwortete Joey, bevor Jen überhaupt etwas sagen konnte.

»Danke«, sagte er und strahlte sie an. »Ich bin Jean-Pierre Mouly.«

Jen fand endlich ihre Sprache wieder. »Jen Lindley. Und das ist Joey Potter.«

Jean-Pierre nickte Jen kurz zu, strahlte aber weiter nur Joey an. »Joey, das ist ein komischer Name für ein Mädchen, oder?«

»Es ist die Abkürzung für Josephine«, erklärte Joey. »Mir gefällt Joey besser.«

»Aber Josephine ist ein sehr schöner Name für so ein hübsches Mädchen«, sagte Jean-Pierre, und Joey errötete unter verlegenem Kichern.

»Jen steht für Jennifer«, sagte Jen und hoffte, daß sie mit dieser Information Jean-Pierre für eine Sekunde von Joey losreißen konnte.

»Ja«, sagte er zerstreut und schenkte ihr keine besondere Aufmerksamkeit.

Was zum Teufel war eigentlich los, überlegte Jen. Zuerst war Stinky hin und weg von Joey gewesen und jetzt auch noch dieser Typ hier.

»Wo kommst du her?« fragte Joey. »Mir gefällt dein Akzent«, fügte sie mit gekonntem Augenaufschlag hinzu.

Jen fühlte sich alles andere als gut. Was war nur in Joey gefahren? Sie flirtete einfach drauflos. Das paßte so gar nicht zu ihr. Da sollte sich einer noch auskennen.

»Ich komme aus Montreal«, sagte er. »Ich bin hier mit der Skimannschaft meiner Universität. Und ihr?«

»Wo wir herkommen, ist es bei weitem nicht so aufregend«, antwortete Joey. »Capeside in Massachusetts.«

Jean-Pierre lachte freundlich. »Capeside muß jedenfalls eine wunderbare Stadt sein, wenn du da wohnst.«

Jen hielt das nicht länger aus. »Diese Schlange ist zu lang. Vielleicht sollten wir jetzt was essen gehen?« bot sie an.

Aber Jean-Pierre ergriff die Gelegenheit, Jen loszuwerden, sogleich beim Schopf. »Wenn du möchtest, Joey, würde ich gerne mit dir fahren.«

»Das ist nett, aber ich bin eine blutige Anfängerin«, sagte Joey, die langsam wieder zur Besinnung zu kommen schien.

»Das ist doch egal«, sagte Jean-Pierre. Er wandte sich zum ersten Mal an Jen: »Mach dir keine Sorgen, ich werde gut auf sie aufpassen.«

Joey sah Jen verlegen an. »Es dauert nicht lange. Ich treffe dich in der Station, wenn ich wieder unten bin. Du mußt nicht meinetwegen warten, wenn du Hunger hast.«

Jen seufzte. »Gut«, sagte sie knapp. »Wir sehen uns dann in der Station.« Sie trat aus der Schlange und ging auf das Gebäude zu.

Jen verstand die Welt nicht mehr. Normalerweise bemerkten die Jungs *sie* zuerst! Warum wurde sie plötzlich von allen ignoriert? Und warum stürzten sich alle auf Joey?

Zuerst hatte Dawson die ganze Fahrt über und auch gestern abend hinter Joey herscharwenzelt. Dann hatte Stinky Joey seinen Unterricht angeboten, als hätte er mit ihr das große Los gezogen. Und jetzt fiel auch noch dieser Franko-Kanadier über sie her. Normalerweise hätte sich Jen für Joey gefreut, der es meistens am nötigen Selbstvertrauen fehlte.

Aber im Augenblick war von Freude keine Spur. Jen konnte es einfach nicht ausstehen, die zweite Geige zu spielen. Überhaupt nicht.

»Jetzt will ich aber ein paar fetzige Sprünge sehen«, rief Dawson seinem Freund zu. Er stand am Rand der Half-Pipe, weil er noch nicht genug Erfahrung auf dem Board für diese Art von Tricks hatte, aber es machte ihm Spaß, den Experten bei ihren Kunststücken zuzusehen. Manche von den Typen waren schier unglaublich. Sie vollführten Sprünge und Drehungen, die Dawson niemals für möglich gehalten hätte. Andere wiederum übernahmen sich und legten beeindruckende Bruchlandungen hin.

Während Pacey wartete, bis er an der Reihe war, warf Dawson einen prüfenden Blick in die Runde. Er bemerkte ein gutaussehendes Mädchen, das nur ein paar Schritte entfernt von ihm stand. Mit seinem glatten braunen Haar und den schönen braunen Augen erinnerte es ihn an Joey.

»Hallo«, sagte Dawson und ging auf sie zu. »Fährst du auch?«

Das Mädchen drehte sich stirnrunzelnd zu ihm um. Vielleicht war es doch nicht so einfach, wie er geglaubt hatte, überlegte Dawson. Vielleicht war dieses Mädchen Joey sogar ähnlicher, als er dachte.

»Nein«, antwortete sie reichlich unfreundlich. »Aber mein Freund.« Sie zeigte auf einen Jungen mit roter Jacke in der Half-Pipe. »Das ist er. Und ihm paßt es gar nicht, wenn ich mich mit anderen Jungs unterhalte.«

»Schon gut«, murmelte Dawson, zog sich auf seinen ursprünglichen Aussichtspunkt zurück und hielt Ausschau nach anderen interessanten Mädchen.

Da fiel ihm eine coole, sportliche Blondine auf, die nicht den Eindruck machte, als wäre sie in Begleitung, und so beschloß er, zu ihr hinüberzuschlendern und sein Glück bei ihr zu versuchen.

Er kramte in seinem Gedächtnis nach einem guten Eröffnungssatz, aber ihm wollte partout nichts Schlaues einfallen. Wie sollte man auch schon eine völlig Fremde ansprechen? »Hallo, ich bin Dawson« war nun wirklich zu dämlich und obendrein langweilig. »Fährst du auch?« schien auch nicht viel besser.

»Kommst du öfters hierher?« klang wie aus einem 70er-Jahre-Pornostreifen. Auf »Wie spät ist es?« bekam er vielleicht eine korrekte Antwort, aber ob auch ein Gespräch dabei heraussprang, war fraglich. Vielleicht sollte er eine Frage zum Snowboarden stellen, aber er wollte auch nicht wie ein blutiger Anfänger dastehen.

Er behielt die Blonde weiterhin im Auge und nahm all seinen Mut zusammen. Wie zufällig schlenderte er auf sie zu. »Kennst du hier jemanden?« fragte er und zuckte innerlich zusammen. Das war der allzu offensichtliche Versuch herauszufinden, ob sie einen Freund hatte.

»Meinen Cousin«, antwortete sie. »Der da mit der marineblauen Jacke.«

Dawson nickte. »Ja, ich kann ihn sehen. Er ist gut. Mein Freund wartet da hinten. Er muß gleich dran sein.« Er schwieg kurz und lächelte das Mädchen an. »Ich bin Dawson Leery«, stellte er sich vor.

»Und ich bin zu alt für dich«, kam es, wie aus der Pistole geschossen. Das Mädchen lachte ihn gutmütig an und musterte ihn von Kopf bis Fuß.

Dawson war gebügelt. Sie wirkte gar nicht älter als

er. »Für wie alt hältst du mich denn?« fragte er verschämt.

Das Mädchen musterte Dawson aufs neue. »Sechzehn«, schätzte sie, »maximal siebzehn.«

»Falsch«, entgegnete Dawson munter. »Ich bin neunzehn«, log er.

»Aber dann bin ich immer noch zu alt«, sagte sie. »Also, viel Spaß weiterhin!« Sie ging zu ihrem Cousin hinüber, der gerade unten an der Pipe angekommen war.

Dawson hatte heute einfach kein Glück. Deprimiert ging er wieder zu seinem Snowboard hinüber und setzte sich darauf. Er haßte dieses Kennenlernritual. Ab und zu hätte er gar nichts dagegen, wenn ein Mädchen einmal den Anfang machen würde. Dann müßte er sich nicht immer Gedanken über die richtigen Worte machen. Aber die Erfahrung hatte ihn gelehrt, daß ihm so etwas in der Regel nicht passierte.

Deshalb fühlte er sich mit Joey so wohl. Da mußte er sich nie etwas Schlaues ausdenken oder sich überlegen, wie er sie beeindrucken konnte. Bei Joey konnte Dawson einfach er selbst sein. Er wünschte, ein Gespräch mit einem fremden Mädchen anzufangen, wäre genauso einfach, wie mit Joey zu reden.

Dawson richtete sich auf, als er Pacey am Hit entdeckte, dem Startpunkt an der Half-Pipe. Er verbannte alle Gedanken an Mädchen aus seinem Gehirn und konzentrierte sich ganz auf Pacey.

»Los, Witter!« rief Dawson, um seinen Freund anzufeuern. Pacey bekam schnell Schwung, während er von einer Seite der U-förmigen Bahn auf die andere glitt. Nach drei Anlaufschwüngen sprang er in die Luft und hielt die Spitze seines Boards mit den Händen fest. Dawson hatte gehört, daß man diese Figur Nose-grab nannte.

»Super!« rief Dawson. Er war ehrlich beeindruckt. Aber das war gar nichts im Vergleich zu dem, was noch kommen sollte. Beim nächsten Mal hatte Pacey noch mehr Schwung, sprang hoch hinaus und drehte sich zweimal in der Luft, bevor er eine perfekte Landung hinlegte. Dawson wußte, daß das ein sehr schwieriger Sprung war. »Ausgezeichnet, der Seven Twenty!« rief er.

Während er Pacey fasziniert zusah, vergaß Dawson fast all seine Probleme mit Mädchen. Er war stolz auf seinen Freund, der einen so selbstbewußten und geschickten Eindruck machte und jetzt ganz in seinem Element war. Die meisten Leute hielten ihn zwar nur für einen Clown, aber Dawson wußte, daß das nicht stimmte. Pacey war nicht besonders gut in der Schule, weil er nicht einsehen wollte, wozu das Lernen gut war. Aber wenn er sich einmal für etwas interessierte, war er bereit, alles zu geben. Beim Snowboarden jedenfalls war es so.

Pacey führte weitere Sprünge und Drehungen aus – 180er, 360er und sogar einen weiteren 720er. Weiter unten verlor er allmählich an Schwung und verließ nach einer letzten Drehung keuchend die Half-Pipe.

Pacey fuhr zu Dawson hinüber. Außer Atem ließ er sich neben ihn in den Schnee fallen.

»Das war superklasse!« rief Dawson aus und schüttelte Pacey die Hand. »Superspitzenklasse! Einfach phantastisch!«

»Danke«, antwortete Pacey und grinste über das ganze Gesicht. »Es hat Spaß gemacht, aber ich bin doch etwas aus der Übung.«

»Das sah aber gar nicht danach aus«, versicherte ihm Dawson.

»Morgen tut mir bestimmt alles weh«, vermutete Pacey und ließ einen prüfenden Blick über die Menge gleiten. »Und, brauchbares Material unter den Zuschauern?«

»Nee«, sagte Dawson entmutigt. »Ich habe es bei zweien versucht und wurde jedesmal sofort abgeschossen.«

»So ein Pech aber auch«, antwortete Pacey und schüttelte den Kopf. »Vielleicht haben wir in der Skistation mehr Glück.«

»Apropos Skistation«, sagte Dawson und sah auf die Uhr. »Wenn wir noch eine letzte Fahrt machen wollen, dann aber zackig. Die Lifte schließen bald.«

Pacey stand auf und wischte sich den Schnee von der Hose. »Dann mal los! Für eine Abfahrt reicht's noch.«

Dawson erhob sich rasch, stieg in die Bindung und folgte Pacey zum nächsten Sessellift.

Allmählich lichteten sich die Reihen, wie Dawson bemerkte. Auch kam jetzt, da die Sonne unterging, ein frischer Wind auf. Schon bald würde es dunkel sein und bitter kalt.

Sie glitten ans Ende einer sehr kurzen Warteschlange und kletterten dann in den Lift. Als sie in die Luft gehoben wurden, schlug ihnen der Wind kalt ins Gesicht, und er wurde immer heftiger, je näher sie dem Gipfel kamen.

Sie saßen schweigend nebeneinander, während sich die Müdigkeit allmählich in ihren Knochen breitmachte. Pacey zitterte. »Ich bin froh, daß das für heute das letzte Mal ist«, sagte er und zog sich den Rollkragen bis unter die Nase. »Wird Zeit, daß wir wieder runterkommen, die Kälte hier ist einfach brutal.«

»Allerdings«, antwortete Dawson. Vielleicht war es doch keine so gute Idee gewesen, noch einmal zu fahren.

Glücklicherweise waren sie schon fast oben – nur ein paar Sessel lagen noch zwischen ihnen und dem Ende des Lifts.

»Bald sind wir da«, verkündete Pacey, »nur noch ein paar Sekunden...«

Kaum hatte er die Worte ausgesprochen, blieb der Lift abrupt stehen.

»Oh nein!« stöhnte Pacey. Der Sessel schaukelte sacht vor und zurück, und der Wind pustete sie von allen Seiten durch.

»Was ist denn da los?« fragte Dawson und hielt nach vorn

Ausschau. Der Lift wurde normalerweise nicht mittendrin angehalten, es sei denn, jemand war gestürzt und blockierte den Weg.

Dawson reckte den Hals noch etwas mehr und konnte endlich sehen, was passiert war. Jemand mußte hingefallen sein und sich mit dem Sessel verheddert haben. Die lila Arme und Beine kamen ihm verdächtig bekannt vor.

»Oh nein! Nicht schon wieder!« schrie Pacey, der in diesem Moment ebenfalls den lila Fleck entdeckt hatte. »Das ist dieses Mädchen! Die Rothaarige, die in mich reingefahren ist! Das darf doch nicht wahr sein!«

Dawson konnte nicht anders, er mußte einfach lachen. Wie eine schwarze Katze kreuzte dieses Mädchen ständig ihren Weg.

Irgendwie ahnte er, daß es nicht das letzte Mal gewesen war.

»Und, wie war das Skifahren?« wollte Jen von Joey wissen, als sie sich im Snowbound Pub in der Skistation einen Platz suchten. Sie hatten sich doch nicht mehr beim Lunch getroffen und auch am Nachmittag nicht gesehen.

»Es war super!« sagte Joey. »Jean-Pierre ist echt scharf, hm?«

Jen nickte nur und sagte kein Wort.

Joey konnte selbst kaum glauben, was für ein Glück sie hatte: gleich zwei göttliche Typen! Auf dem Sessellift hatte ihr Jean-Pierre von Montreal und seiner Ski-Mannschaft erzählt. Joey allerdings hatte nicht viel gesagt, weil sie es leicht mit der Angst zu tun bekam, als der Lift sie in schwindelerregende Höhen brachte. Um sich abzulenken, konzentrierte sie sich ganz auf Jean-Pierre und sein Geplauder. So konnte sie gar nicht erst groß über die Höhe, die sie erreichten, nachdenken.

Dann waren sie langsam die Piste hinuntergefahren. Obwohl sie sich so weit nach oben hatten transportieren lassen, war die Piste ziemlich flach und verlief in weiten Bogen den Berg hinunter.

Joey war stolz auf sich, daß sie heil und ohne auch nur einmal hinzufallen unten angekommen war. Wie hätte sie eine derart peinliche Situation an der Seite eines netten Jungen auch überleben sollen.

»Er hat mich für morgen zum Lunch eingeladen, und danach sehe ich mir sein Rennen an«, sagte Joey.

»Schön für dich«, murmelte Jen eingeschnappt, als die Kellnerin an ihren Tisch kam und zwei Tassen heiße Schokolade brachte, die Jen zuvor bestellt hatte.

Joey wunderte sich über Jens Reaktion. Als es um Stinky ging, hatte sie doch alles ganz genau wissen wollen. Und jetzt schien sie aus irgendeinem Grund zu schmollen. Und von Jean-Pierre wollte sie offenbar auch nichts wissen. Was war nur in sie gefahren?

Aber Joey wollte nicht länger über Jens Laune nachgrübeln und nahm einen Schluck von ihrer leckeren heißen Schokolade. Es war ein so schöner Tag gewesen, und es hatte ihr nichts ausgemacht, den Nachmittag allein zu verbringen. Ganz im Gegenteil. Sie hatte mittags schnell eine Suppe gegessen und dann noch etwas auf dem Anfängerhügel geübt, bevor sie ein paar langsame Abfahrten auf der leichten Piste gewagt hatte. Die Stunden waren nur so verflogen.

»Hast du sonst noch jemanden kennengelernt?« fragte Jen. Sie klang eine Spur bitter, fand Joey.

Joey schüttelte den Kopf. Allmählich dämmerte ihr, was da an Jen nagte. Nichts als die pure Eifersucht!

Obwohl Jen ihre Freundin war, mußte Joey innerlich grinsen. Es war aber auch an der Zeit, daß sich das Blatt einmal wendete! Als Jen nach Capeside gezogen war, hatte fast jeder in der Stadt ein großes Getue um sie gemacht. Dawson war zeitweilig sogar fast entfallen, daß Joey überhaupt existierte.

Es war schön, auch einmal im Mittelpunkt zu stehen. Joey war das nicht gewohnt, und sie genoß jede Minute.

»Da ist Smelly«, rief Jen.

»Stinky«, korrigierte Joey und erkannte seine gelbe Skijacke im Eingang.

»Wie auch immer«, meinte Jen. »Ich dachte, du wolltest ihn wegen Dawson irgendwo anders treffen.«

Joey schüttelte den Kopf. »Ich habe ihn nachmittags nicht mehr gesehen und keine Gelegenheit gehabt, einen neuen Treffpunkt auszumachen«, sagte sie und winkte Stinky zu. »Abgesehen davon muß Dawson sich daran gewöhnen, daß ich mich mit anderen Jungen verabrede. Außerdem kann er sowieso nicht lange bleiben, weil er noch im Ski-Verleih helfen muß.«

»Schon gut«, sagte Jen gereizt. »War ja nur 'ne Frage.«

»Hallo!« rief Stinky und setzte sich neben Joey. »Wie ist es heute nachmittag gelaufen?«

»Ich glaube, ich habe mich tapfer geschlagen«, antwortete Joey begeistert. »Natürlich nur, weil ich einen so guten Lehrer hatte.«

»Danke«, sagte Stinky stolz, und seine Grübchen tauchten aus dem Dreitagebart auf. »Es ist mein erstes Jahr als Skilehrer, und bisher habe ich ein gutes Feedback. Exzellente Bewertungen!«

»Das ist ja prima«, antwortete Joey und freute sich für ihn. Er hatte es geschafft, daß die ganze Skifahrerei für sie nicht länger ein Buch mit sieben Siegeln war.

»Wenn ich dieses Jahr genug gute Bewertungen bekomme, werde ich in der nächsten Saison vielleicht befördert«, fuhr er fort.

»Das ist ja großartig!« sagte Joey begeistert. Ihr gefielen Männer mit Ehrgeiz. »Möchtest du eine heiße Schokolade oder was anderes?« fragte sie.

Stinky schüttelte den Kopf. »Leider kann ich nicht bleiben. Im Verleih sind sie unterbesetzt, und um diese Zeit geben alle Leute ihre Skier zurück. Aber ich wollte wenigstens kurz vorbeikommen und hallo sagen. Und ich wollte dich fragen, ob du schon Pläne fürs Dinner hast.«

»Wir wollten etwas kochen...« fing Jen an.

»Ich habe noch gar keine Pläne«, fiel ihr Joey ins Wort.

»Kennst du das Silo? Da könnten wir ein paar Burger essen. Es ist schön da«, bot er an. »So um acht?«

Joey strahlte. »Klingt super!«

»Dann sehen wir uns dort«, sagte Stinky, bevor er aufstand und zur Tür hinausschlenderte.

Joey lächelte weiter vor sich hin, selbst als er schon längst gegangen war. Er war so süß! Der ganze Raum schien in strahlenden Glanz getaucht, obwohl er ihn schon vor geraumer Zeit verlassen hatte.

Joey trank noch einen Schluck Kakao. Ihr war ganz warm. Sie freute sich, daß sie Pläne für den Abend vorzuweisen hatte, und sie war glücklich, der Hütte entkommen zu sein und somit auch der Gefahr, wieder bei diesem blöden Spiel mitmachen zu müssen.

»Wo zum Teufel stecken eigentlich Pacey und Dawson?« fragte Jen ungeduldig mitten in Joeys Tagtraum hinein.

Joey zuckte gleichgültig mit den Schultern. »Vielleicht hatten sie ja Glück.«

Jen sah Joey gereizt an. »Also, heute Dinner mit Smelly, und morgen Lunch mit Frenchie. Du hast wirklich einen vollen Terminkalender.«

»Ja«, antwortete Joey kichernd. »Wer hätte gedacht, daß ich gleich zwei coole Typen kennenlerne.«

»Ich hoffe nur, daß du von den vielen Essen, zu denen du eingeladen wirst, nicht an Gewicht zulegst«, kommentierte Jen bissig.

Aber Joey lachte nur. Ihr waren Eifersuchtsanfälle nicht fremd; sie wußte nur zu gut, was Jen gerade durchmachte. Es war schrecklich, die zweite Geige zu spielen. Nichts war hingegen so aufregend, wie im Mittelpunkt der Aufmerksamkeit zu stehen.

Pacey betrat den Pub und schleifte vor Erschöpfung die Füße über den Boden. Er sehnte sich nach einem Sitzplatz und einer schönen, heißen Schokolade. Er und Dawson waren beinahe erfroren, als sie wegen dieses dusseligen Mädchens auf dem Sessellift festgesessen hatten. Er wollte nur noch hinein ins Warme, weg von dem schneidenden Wind.

Sie hatten den Pub auf Anhieb gefunden. Im Eingangsbereich standen schon eine Menge Leute, die auf einen Platz warteten. Pacey betete innerlich, daß die Mädels schon einen Tisch gefunden hatten.

Zum Glück entdeckte er Jen und Joey sofort, als er den Pub betrat. Und zu seiner großen Freude saßen sie gleich neben dem Kamin.

Pacey und Dawson bahnten sich ihren Weg durch die wartende Menge und ließen sich auf die Stühle fallen, die die Mädchen für sie freigehalten hatten.

»Und wo seid ihr gewesen?« fragte Jen unwirsch.

»Ja«, fügte Joey hinzu. »War die Jagd erfolgreich?«

Pacey schüttelte betrübt den Kopf. »Ein riesengroßer Reinfall trifft die Sache wohl eher. Wir saßen an der windigsten Stelle des Berges auf dem Sessellift fest, weil irgend so eine blöde Tussi nicht aus ihrem Sessel kam und gestürzt ist. Außerdem befürchte ich, daß meine Hose zu lässig ist – sie bringt meinen außergewöhnlichen Hintern nicht richtig zur Geltung. Nächstes Mal kaufe ich mir ganz enge.«

Darüber mußte Joey herzhaft lachen. Wie merkwürdig, dachte Pacey. Normalerweise hätte sie die Gelegenheit genutzt, um auf mir herumzuhacken.

»Habt ihr denn einen schönen Tag gehabt?« fragte Dawson, während Pacey versuchte, die Aufmerksamkeit der Kellnerin auf sich zu lenken.

Joey und Jen antworteten gleichzeitig.

»Ganz in Ordnung«, kam es lustlos von Jen.

»Es war super!« jubelte Joey.

Pacey warf Dawson einen schrägen Blick zu. Irgend etwas ging zwischen den beiden vor. Und er hätte nur zu gerne gewußt, was. Plötzlich spürte er, wie es ihm heiß den Rücken hinunterlief, heiß, naß und nach Kaffee riechend.

»Aaauuu!« brüllte Pacey und sprang auf.

Er sah in die Gesichter seiner Freunde und begriff, was passiert war. Jemand hatte ihm einen Kaffee über den Rükken geschüttet.

Und er brauchte sich nicht einmal umzudrehen, um zu wissen, wer das gewesen war.

10

»Was hast du eigentlich für ein Problem?« brüllte Pacey und wirbelte herum.

Dawson glaubte es kaum, daß Pacey derart ausflippen konnte. Normalerweise kannte er solche Anfälle nicht an ihm.

Hinter Pacey stand, wie konnte es auch anders sein, der rothaarige Trampel mit einer leeren Kaffeetasse in der Hand. »Es ... es tut mir so leid!« stammelte sie. »Ich wollte mich nur noch einmal bei dir entschuldigen, daß ich dich heute morgen über den Haufen gefahren habe. Ich kann nicht glauben, daß ich jetzt meinen Kaffee ...«

»Ich kann es auch nicht glauben!« explodierte Pacey. »Erst fährst du mich in der Schlange vor dem Lift platt. Dann erfriere ich fast, weil du aus dem Lift fällst. Und nun habe ich dank deiner Ungeschicklichkeit Verbrennungen dritten Grades!«

Dawson bekam Mitleid, als er sah, wie verschreckt das Mädchen aussah. Es wurde knallrot und sah aus, als bräche es gleich in Tränen aus.

»Hör mal«, sagte Dawson und versuchte Pacey zu beruhigen. Er nahm die Rothaarige in Schutz, obwohl es keinen Zweifel daran gab, daß sie ein echter Trottel war. »Sie hat es doch nicht mit Absicht getan. Sie konnte nichts dafür.«

Pacey runzelte die Stirn und ließ sich wieder, vor Wut nur

so schnaubend, auf seinen Stuhl fallen. »Tu mir einfach einen Gefallen«, sagte er und funkelte das Mädchen böse an. »Bleib mir so weit wie möglich vom Leib.«

Die Rothaarige nickte und gab keinen Piep mehr von sich. Mit hängendem Kopf schlich sie von dannen.

»Wer war das denn?« erkundigte sich Joey.

»Das erzähle ich besser erst gar nicht«, antwortete Pacey grimmig.

Dawson fand, es war an der Zeit, für bessere Stimmung zu sorgen und das Thema zu wechseln. »Pacey hat sich heute bravourös auf der Half-Pipe geschlagen. Das hättet ihr sehen sollen«, sagte er einfach das Erstbeste, das ihm einfiel.

Aber er bekam keine Antwort. Jen brütete vor sich hin, Pacey grollte, und Joey schien in eine andere Welt entrückt zu sein.

Dawson seufzte und fragte sich, ob er einen erneuten Versuch starten sollte.

Aber das war gar nicht nötig, denn genau in diesem Moment trat ein bärtiger Mann auf die Bühne, nahm das Mikrophon in die Hand und begrüßte die Gäste. »Guten Abend, ihr Schneefreaks!« rief er. »Jetzt kommt das, worauf ihr alle gewartet habt!«

Dawson bemerkte erleichtert, daß seine Freunde endlich munter wurden.

»Ich bin stolz, euch heute abend auf vielfachen Wunsch meine Tochter ankündigen zu können«, fuhr der Mann fort. »Ladies und Gentlemen, bitte begrüßen Sie im Snowbound Pub unsere Kyra Wolfson!«

Das Publikum applaudierte, als eine nur allzu bekannte Gestalt die Bühne betrat und sich mit der Gitarre auf einen Hocker setzte.

Dawson konnte nicht glauben, was er da sah. Er drehte sich zu Pacey um.

Dem hatte es die Sprache verschlagen.

Dawson mußte lachen. Da, auf der Bühne, stand der tolpatschige Rotschopf!

»Das ist gar nicht witzig«, sagte Pacey gereizt. »Bestimmt singt sie total falsch und löst mit ihren schrillen Tönen eine Lawine aus. Oder sie fällt von der Bühne, stolpert über eine Lampe und verursacht einen Brand. Wo ist der nächste Ausgang?«

»Schsch! Ich will was hören!« wies Jen die beiden zurecht.

Kyra räusperte sich und lächelte schüchtern ins Publikum, bevor sie begann. Dawson fand, sie sah ohne den lila Skianzug ganz anders aus. Sie trug einen schwarzen Rollkragenpullover und enge, verwaschene Jeans. Ihr Haar, das im Scheinwerferlicht glänzte, fiel in Wellen auf ihre Schultern. Die grünen Augen hoben sich wie Smaragde gegen ihr dunkelrotes Haar und ihren Porzellanteint ab.

Sie sang *I Was Meant for You* von Jewel, und zwar so hinreißend, daß es Dawson, wenn er die Augen schloß, so vorkam, als wäre es wirklich Jewel, die dort sang.

Er wandte sich an Pacey. »Sie ist phantastisch!« sagte er voller Begeisterung, aber Pacey hörte ihn gar nicht. Zu Dawsons Erheiterung starrte Pacey gebannt und mit sperrangelweitem Mund auf die Bühne. Dawson wußte nicht, ob vor Schock oder vor Bewunderung.

Er stieß Pacey an. »Sie ist umwerfend, was?«

Pacey erwachte aus seinem zombiehaften Zustand. »Sie ist... sie ist... Hat sie heute auf dem Berg auch so gut ausgesehen?«

Damit war Dawsons Frage eindeutig beantwortet. Paceys Gesichtsausdruck verriet Erstaunen und Bewunderung zugleich.

Alles fing an zu kreischen, als Kyra ihren Auftritt mit einem Stück von Shawn Colvin beendet hatte. Pacey klatschte und pfiff wie wild.

»Hättest du ihr nicht eben noch am liebsten den Kopf abgerissen?« fragte Joey und applaudierte ebenfalls.

»Äh... ja...«, gab Pacey zu. »Das war doch nur Spaß. Meinst du, ich war zu grob?«

»Grob ist gar kein Ausdruck für dein Benehmen«, wies ihn Jen zurecht.

Pacey wünschte sich mehr als alles andere auf der Welt, er könnte die Zeit zurückdrehen und das Vergangene ungeschehen machen. Auf geheimnisvolle Weise hatte der trottelige rothaarige Clown von der Piste sich auf der Bühne in eine Traumfrau verwandelt. Und sie war einfach... wunderschön. Pacey hätte sich in den Hintern beißen können, daß ihm das nicht früher aufgefallen war.

Wie hatte er nur so blind sein können? Ihre Unbeholfenheit wäre doch die perfekte Gelegenheit für eine Anmache gewesen! Hatte sie sich ihm nicht förmlich an den Hals geworfen? Wenn er den Tag noch einmal erleben könnte, nähme er das Angebot sofort an.

Pacey konnte seinen Blick nicht von ihr lassen. Kyra – was für ein schöner und interessanter Name. Er mußte sie irgendwie näher kennenlernen. Das hieß, wenn sie überhaupt noch etwas von ihm wissen wollte, nachdem er sie so idiotisch angebrüllt hatte.

Pacey erhob sich von seinem Stuhl, als Kyra von der Bühne kam.

Er mußte sich bei ihr entschuldigen und hoffte, sie würde ihm nicht die Gitarre über den Schädel schlagen.

»Willst du etwa...?« fragte Dawson, weil ihm Paceys entschlossener Gesichtsausdruck nicht entgangen war.

»Genau«, sagte Pacey. »Ich muß zu ihr.«

Pacey entfernte sich vom Tisch und ging auf Kyra zu, die ihre Ausrüstung zusammenpackte.

»Das war großartig«, sagte Pacey freundlich.

Kyra sah erschrocken auf. »Ach, du bist es«, bemerkte sie

trocken. »Keine Sorge, ich bin gleich weg«, fügte sie hinzu und verschloß den Gitarrenkasten. Sie wollte schon gehen, als Pacey sie am Arm festhielt.

»Hör mal, es tut mir leid, daß ich dich vorhin so angebrüllt habe«, sagte Pacey und brachte eine lahme Ausrede vor. »Ich hatte heute einfach einen schlechten Tag. Bitte nimm meine Entschuldigung an! Ich gehe nämlich erst hier weg, wenn du mir vergibst.«

Kyra sah ihn an, und ein kleines Lächeln flog über ihr Gesicht. »Okay«, sagte sie unsicher. »Ich sollte es dir zwar nicht so leicht machen, aber... deine Entschuldigung ist akzeptiert. Aber nur, wenn du auch meine annimmst.«

»Schon geschehen. Ich heiße übrigens Pacey Witter, und ich bin soeben dein größter Fan geworden. Es wäre mir eine Ehre, dich zum Dinner einladen zu dürfen, um mein grobes Benehmen wiedergutzumachen«, schlug er galant vor.

»Kyra Wolfson«, stellte sie sich vor und schüttelte Paceys ausgestreckte Hand. »Wenn das auch als Wiedergutmachung für meine Ungeschicklichkeit gilt, dann einverstanden. Ich werde eben immer nervös, wenn nette Jungs in der Nähe sind«, fügte sie schüchtern hinzu.

Pacey konnte sein Glück kaum fassen. Aber warum nur flogen ausgerechnet tolpatschige Frauen auf ihn? Erst Andie und jetzt Kyra. Kyra fand ihn süß? Vielleicht war sie deshalb die ganze Zeit um ihn herum aufgetaucht. »Großartig!« sagte er glücklich. »Äh, ich kenne mich hier nicht so gut aus. Aber ich würde gerne in ein nettes Lokal...«

»Paulo's Pizzeria fände ich gut«, warf sie ein. Ihre grünen Augen funkelten. »Das ist ganz bei mir in der Nähe. Sollen wir uns da gegen acht treffen?«

»Alles klar«, antwortete er mit stolzgeschwellter Brust. »Bis acht dann!«

Als er sich umdrehte, rief Kyra ihm noch nach: »An deiner Stelle würde ich was Altes anziehen! Ich bin dafür bekannt, daß ich alles umwerfe.«

Pacey lachte und zeigte ihr zwei aufgerichtete Daumen. Am liebsten wäre er zum Tisch zurückgehüpft. Als er sich Dawson näherte, erhob er triumphierend die flache Hand und Dawson schlug ein.

»Das gibt's doch gar nicht«, meinte er baßerstaunt. »Ich kann nicht glauben, daß sie dich überhaupt angesehen hat.«

»Endlich, endlich habe ich Glück gehabt!« Pacey ließ sich begeistert neben seinen Kumpel fallen. »Wer hätte gedacht, daß meine Traumfrau mir schon den ganzen Tag vor der Nase herumgelaufen ist, und ich hab's nur nicht gemerkt. Ich gehe später mit ihr essen!«

»Gute Sache«, meinte Dawson.

»Da bleiben also nur wir beide ohne Verabredung für heute abend«, sagte Jen niedergeschlagen.

»Du hast auch Glück gehabt?« fragte Pacey Joey. »Es gibt mehr verzweifelte Jungs da draußen, als ich dachte.«

»Sieht ganz so aus«, sagte Joey, ohne ins Detail zu gehen.

Dawson schien sich jedoch am Riemen zu reißen, denn er sagte ganz ruhig: »Das ist ja super. Wer ist denn der Glückliche?«

»*Die* Glücklichen«, korrigierte Jen. »Mehrzahl. Ihr Skilehrer hat sie heute zum Abendessen eingeladen, und morgen mittag ist ein franko-kanadischer Skirennfahrer dran.«

Joey sah Jen scharf von der Seite an und senkte dann verlegen ihren Blick.

»Zwei Verabredungen«, sagte Dawson und gab sich alle Mühe, cool zu bleiben. »Das ist ja phantastisch, Joey. Hoffentlich amüsierst du dich gut!«

»Danke«, antwortete Joey aufrichtig.

Pacey wünschte, auch Dawson würde jemanden kennenlernen. Er mußte ihm jedenfalls hoch anrechnen, daß er die Situation absolut unter Kontrolle hatte.

Endlich entwickelte sich das Wochenende in Paceys Sinn. Er war zufrieden mit seiner Darbietung auf der Piste. Dawson hatte heute kein einziges Mal wegen Joey herumgejammert. Und, was am wichtigsten war, er hatte ein Date mit dem hübschesten und talentiertesten Mädchen, das er je kennengelernt hatte.

»Full House«, sagte Jen triumphierend und legte ihre Karten auf den Tisch. »Das bedeutet, ich habe gewonnen.«

»Ich weiß, was das bedeutet«, entgegnete Dawson und zog sein Portemonnaie aus der Tasche. »Wieviel schulde ich dir?«

»Fünf Riesen«, sagte Jen und streckte ihm fordernd die Hand entgegen. »Wer mit den Haien schwimmen will, muß damit rechnen, gefressen zu werden.«

Dawson tat so, als würde er nur äußerst widerwillig das Geld herausrücken. »Wo hast du eigentlich so gut Poker gelernt?«

Jen lachte. »Meine Großmutter väterlicherseits hat es mir beigebracht. Sie war eine richtige Spielernatur. Ganz das Gegenteil von Grams.«

Sie genoß es, einfach faul mit Dawson herumzusitzen und Karten zu spielen. Das Haus war ohne Joey und Pacey richtig gemütlich und friedlich. Es war so still, daß sie neben dem Knistern des Feuers auch das schrille Pfeifen des Windes hören konnten.

Solange Joey mit anderen Jungen beschäftigt war, dachte Jen, konnte sie selbst sich um die Heimatfront kümmern – in diesem Fall speziell um Dawson. Als feststand, daß sie den ganzen Abend mit ihm allein verbringen würde, hatte sie zunächst mit dem Gedanken gespielt, sich sexy anzuziehen und ihn am Kaminfeuer zu verführen. Aber gerade jetzt fühlte sie sich mit Dawson so wohl, daß sie zu subtileren Mitteln greifen wollte.

Als sie von der Piste nach Hause kamen, war Jen schlechtgelaunt und müde gewesen. Sie hatte ein Nickerchen gehalten und fühlte sich nun wie ein ganz neuer Mensch. Ihr wurde klar, wie blöd sie sich im Pub verhalten hatte. Und sie wußte, daß es sie nicht weiterbrachte, wenn sie schmollte, weil Joey von Männern mit Aufmerksamkeit nur so überschüttet wurde.

Sie mußte selbst aktiv werden, wenn sie einem Jungen auffallen wollte – und in Sachen Dawson bedeutete das, einen gemütlichen Abend mit einem exzellenten selbstgekochten Essen zu inszenieren.

»Soll ich noch mal die Karten geben?« fragte Dawson.

Jen sah auf die Uhr. »Wie schnell die Zeit vergangen ist.« Sie hatte erst spät angefangen zu kochen, weil sie so viel Spaß beim Poker gehabt hatten. »Ich sollte mal nachsehen, was das Hähnchen macht.«

»Gute Idee«, sagte Dawson lächelnd, »ich sterbe nämlich schon fast vor Hunger. Und es riecht verdammt gut.«

»Es müßte jede Minute fertig sein«, sagte Jen und stand auf, um in die Küche zu gehen.

»Ich decke den Tisch«, bot Dawson an und folgte Joey.

Jen war überrascht, wie gut gelaunt Dawson war, obwohl Joey ein Date hatte. Sie war froh: Es wäre viel schwieriger, Dawson zurückzuerobern, wenn er den ganzen Abend wegen ihr Trübsal blies.

Dawson öffnete den Schrank und nahm die Teller heraus. »Hey!« rief er aus. »Hier sind Kochbücher, falls wir morgen abend wieder kreativ werden wollen.«

Jen nahm das Hähnchen aus dem Ofen und stellte den Bräter auf eine Warmhalteplatte. »Kochbücher?« wiederholte Jen. »Das ist aber komisch. Meine Mutter kocht doch überhaupt nicht.«

»Sieht so aus, als wollte sie es lernen«, sagte Dawson und sah die Titel auf den Buchrücken durch. »›Dinner für Zwei‹, ›Küche bei Kerzenlicht‹, ›Schnelle Gerichte für Verliebte‹.«

Jen spürte einen Stich in der Brust. Sie wischte sich die Hände ab und ging zu Dawson hinüber. Sie sah ihm über die Schulter und sagte: »Das will ich sehen.«

Dawson holte die Bücher aus dem Schrank und legte sie auf die Anrichte. Jen schlug sofort eins auf. Auf der Titelseite fiel ihr eine Widmung ins Auge. Sie kannte die schnörkelige Schrift nicht, aber mit Sicherheit war es nicht die ihrer Mutter. Da stand: *Für meinen Liebsten, damit ich deinen Hunger auch in unserem Winter-Liebesnest stillen kann. Sharon.*

»Sharon?« las Jen laut. »Wer zum Teufel ist das?«

Ihre Hände fingen an zu zittern, als sie das Buch zuknallte. Auf einmal ergab alles einen Sinn. Die aufreizenden Kleider im Schrank. Die Kochbücher. Winter-Liebesnest. Das alles konnte nur eins bedeuten.

Ihr Vater hatte eine Affäre. Mit irgendeinem Flittchen, und zwar hier, in der Familienhütte. Sie rang nach Luft. Tränen stiegen ihr in die Augen und sie mußte schluchzen.

»Was ist los?« fragte Dawson schockiert.

Jen wollte es ihm sagen, doch vor lauter Schluchzen konnte sie kein Wort herausbringen.

Plötzlich bekam Jen weiche Knie. Ihr war schlecht. Sie rannte ins Wohnzimmer und warf sich auf die Couch.

Jetzt hatten ihre Tränen freien Lauf, und Jen war zumute, als könnte sie nie wieder aufhören zu weinen.

Sie spürte, wie Dawson sich neben sie setzte. Er zog sie sanft zu sich heran. Jen schmiegte ihr Gesicht an seine Brust und klammerte sich an ihn, wobei ihre Tränen über sein Hemd liefen.

»Schschsch«, beruhigte er sie. »Ist schon gut. Sag mir, was los ist. Dann geht es dir besser.«

Endlich atmete Jen tief durch. »Ich habe dir doch gesagt,

daß meine Mutter nicht kocht. Hast du die Widmung gesehen? Winter-Liebesnest?«

Dawson nickte. Allmählich dämmerte es ihm.

»Mein Vater muß eine Affäre haben. Die Hütte ist das Liebesnest für ihn und seine Geliebte«, brachte Jen noch heraus, bevor sie wieder in Tränen ausbrach. »In der Familienhütte. Wie ekelhaft!« Sie kochte vor Wut.

»Aber das weißt du doch gar nicht mit Sicherheit«, sagte Dawson und versuchte sie so gut es ging zu trösten. »Vielleicht haben sie die Bücher aus einem Second-Hand-Laden. Das allein ist doch noch kein Beweis.«

Jen schüttelte den Kopf. »Er hält mich wohl für genauso blöd und blind wie meine Mutter«, fuhr sie fort. Die Tränen flossen erneut. »Ich habe oben im Schrank solche aufreizenden Nachthemden und Kleider gefunden, die alle zwei Nummern kleiner sind als die meiner Mutter. Und wie erklärst du dir diese komischen Spiele: ›Vorspiel‹, ›Kitzlige Angelegenheiten‹? Sind das etwa auch keine Beweise?«

Dawson fiel nichts ein, mit dem er sie hätte trösten können, außer daß er sie fester in seine Arme schloß, als sie weiter erzählte. »Das erklärt auch, warum mein Vater gesagt hat, dieses Wochenende wäre die Hütte ganz bestimmt frei. Warum sollte sie nicht frei sein? Meine Eltern sind schon ewig nicht hier gewesen. Aber er schon! Wahrscheinlich tobt er sich auf seinen sogenannten Geschäftsreisen hier oben aus.«

Dawson holte tief Luft und drückte Jen noch einmal beruhigend an sich. »Es tut mir leid, Jen. Ich weiß genau, was du durchmachst. Als ich herausfand, daß meine Mutter eine Affäre hat... da ist meine ganze Welt zusammengebrochen.«

»Die Ehe meiner Eltern war nie perfekt, weißt du?« sagte Jen. »Aber ich hätte nie gedacht... Und das vor meinen Augen!«

»Ich kann dich verstehen«, sagte Dawson sanft. »Nur zu gut.«

Sie saßen schweigend vor dem knisternden Feuer, das lange Schatten auf ihre Gesichter warf. Jen war total wütend auf ihren Vater, nicht nur, weil er ihre Mutter betrog, sondern weil er ihr ja auch noch den Abend verdorben hatte. Das Hähnchen war mittlerweile kalt, und die Hoffnung, Dawson noch zu verführen, konnte sie getrost aufgeben. Sie war nicht mehr in Stimmung.

»Haben die Menschen heutzutage kein Pflichtgefühl mehr?« brach Jen das Schweigen. »Warum nimmt keiner mehr die Ehe ernst? Wenn ich einmal heirate, werde ich mich jedenfalls an das Treuegelöbnis halten.«

»Warum sollte man sonst auch heiraten?« warf Dawson ein. Sein trauriges Gesicht verriet schmerzvolle Erinnerungen. »Wenn man jemanden so sehr liebt, daß man den Rest seines Lebens mit ihm verbringen will, warum setzt man das alles wegen einer Affäre aufs Spiel.« Er atmete tief durch. »Meine Mutter hat tausendmal versucht, mir das zu erklären. Sie beharrt darauf, daß sie meinen Vater mehr liebt als alles andere auf der Welt. Ich verstehe nur nicht, warum sie ihn dann betrogen hat.«

Jen schüttelte den Kopf und tupfte ihre verquollenen Augen an ihrem T-Shirt ab. »Eltern sind solche Heuchler. Meine haben mich fortgeschickt, weil ich in ihren Augen zu schnell erwachsen wurde. Vielleicht war das so. Aber ich kann wenigstens von mir sagen, daß ich nie einen meiner Freunde betrogen habe.«

Sie sah in Dawsons hübsches Gesicht, und der Blick aus seinen mitfühlenden braunen Augen wärmte ihr das Herz. Es fühlte sich so gut an, in seinen Armen zu liegen. Und sie war froh, daß ihr dieser Trost zuteil wurde.

Sie wandte ihm ihr Gesicht zu und wollte sich dafür bei ihm bedanken. Aber bevor sie wußte, was geschah, fühlte sie Dawsons Mund schon auf dem ihren.

So hatte sie Dawson nicht verführen wollen. Aber als

Jen nun in seinem zärtlichen Kuß versank, verblaßten für einen Augenblick all ihre Sorgen.

Pacey wartete nervös an einem Ecktisch in der Pizzeria und trommelte mit den Fingern auf das rot-weiß karierte Tischtuch. Als er wohl zum hundertsten Mal auf seine Uhr sah, war es fünf Minuten nach acht. Pacey betete, daß Kyra ihn nicht versetzte.

Aber wer konnte es ihr verübeln, wenn sie es tat. Schließlich hatte er sich ihr gegenüber nicht gerade von seiner charmantesten Seite gezeigt, als er sie im Pub angeschrien hatte. Er hatte es nicht anders verdient, wenn sie ihn jetzt wie einen Loser einfach sitzenließ.

Pacey beschloß, ihr noch zehn Minuten zu geben und erst dann in Panik auszubrechen. Die Pizzeria war ein nettes, kleines Lokal. Um die Zeit totzuschlagen, betrachtete er die Fotos an der Wand, auf denen alle möglichen Leute abgebildet waren. An einer anderen Wand hing das Kolosseum von Rom und gegenüber der Schiefe Turm von Pisa. Die Kellner eilten geschäftig mit leckeren Pizzen und Nudelgerichten an den Tischen entlang.

Endlich öffnete sich die Glastür, und Pacey sah Kyra hereinkommen.

»Bellissima!« rief ein Kellner, als er sie erblickte.

»Hallo, Giuseppe«, sagte sie, zog ihre Winterjacke aus und hängte sie an einen Haken. Sie winkte auch den anderen Kellnern zu. Anscheinend gehörte sie zu den Stammgästen.

Pacey erhob sich vom Stuhl und zog sein rotes Bowlingshirt glatt, als sie auf ihn zu kam. Plötzlich wünschte er, er hätte etwas Schickeres angezogen. Kyra sah in ihrem irischgrünen Rollkragenpullover und dem schwarzen Minirock atemberaubend gut aus. An ihrem Lächeln glaubte Pacey jedoch zu erkennen, daß sein Stil für sie ganz in Ordnung zu sein schien.

»Hallo!« begrüßte sie ihn. Toll, wie gut der Pullover zu ihren funkelnden Augen paßte. Pacey trat auf ihre Seite des Tischs und bot ihr den Stuhl an.

»Danke«, sagte Kyra und setzte sich. »Und, wie findest du den Laden hier?«

»Gefällt mir gut«, sagte Pacey nickend und sah sich um. »Ist genau meine Kragenweite und macht den Eindruck, als könnte man sich hier amüsieren.«

»Du hast keine Ahnung, wie amüsant es hier werden kann«, sagte Kyra lachend. »Warte mal ab!«

Ein Kellner brachte ihnen die Speisekarte und flitzte dann an den nächsten Tisch. »Das Essen ist super hier. Und außer Pizza gibt es auch noch hervorragende Pasta«, erklärte Kyra. »Aber meine Mutter und ich essen hier besonders gern die Pizza. Wir kommen mindestens einmal in der Woche her und essen immer die gleiche.«

»Peperoni und Pilze«, sagte der Kellner und blieb kurz am Tisch stehen. »Soll ich sie schon bringen?«

Kyra kicherte. »Siehst du? Ich muß nicht mal bestellen. Aber vielleicht sollte ich mal was anderes nehmen...«

Der Kellner sah Pacey fragend an. »Pizza mit Peperoni und Pilzen klingt gut«, sagte der und klappte die Speisekarte wieder zu.

»Sehr gut gewählt, Sir«, sagte der Kellner und rauschte davon, um die Bestellung durchzugeben.

Pacey beugte sich vor und lächelte Kyra an. »Also«, sagte er, nahm einen Löffel zur Hand und hielt ihn ihr wie ein Mikrophon entgegen. »Erzählen Sie mir alles über die geheimnisvolle, ungeschickte, aber wunderschöne Kyra Wolfson!« Er gebärdete sich wie ein Reporter, der einer sensationellen Story auf der Spur ist.

»Na ja, besonders elegant war ich noch nie«, fing Kyra an und errötete. »Aber so schlimm wie heute ist es nicht immer. Heute habe ich zum erstenmal auf dem Snowboard gestanden – auf Skiern bin ich besser«, fügte sie hinzu.

»Das hoffe ich für Sie«, sagte Pacey und legte den Löffel zurück auf den Tisch. Ihm gefiel ihr melodiöses Lachen.

»Ich dachte, wenn man Ski fahren kann, dann wäre Snowboarden einfach«, gab sie verlegen zu. »Das war wohl ein Irrtum!«

»Willst du Unterricht nehmen?« fragte Pacey.

»Das habe ich auch schon überlegt«, sagte Kyra.

»Was machst du denn morgen?« fragte Pacey und witterte eine gute Gelegenheit.

»Nicht viel«, antwortete Kyra. »Ich wollte den Berg wieder in Angst und Schrecken versetzen. Aber ich bin mir nicht sicher...«

Pacey grinste. »Ich kann's dir ja beibringen. Damit du nicht mehr so eine Gefahr für deine Umwelt darstellst.«

Kyra bekam große Augen. »Das wäre wunderbar«, sagte sie, während der Kellner einen Krug Soda auf den Tisch stellte. Dann fügte sie fast ehrfürchtig hinzu: »Ich habe heute gesehen, wie gut du auf der Piste bist.«

»Danke«, sagte Pacey geschmeichelt. Kyra hatte ihn also schon den ganzen Tag im Auge gehabt! Und er war so blöd gewesen und hatte es nicht bemerkt.

Er schenkte ihr Soda ein und füllte auch sein Glas. Dann prostete er ihr zu und sagte: »Du lebst also direkt hier am Steep Mountain? Du hast erwähnt, daß du gleich in der Nähe wohnst.«

Kyra nickte und nahm einen Schluck Soda. »Meine Eltern sind mit mir vor sechs Jahren von New Jersey hierhergezogen. Mom und Dad waren das Leben dort leid – die Menschenmengen, den Verkehr. Meine Mutter hat ihren Job in einem Maklerbüro gekündigt, dann haben sie den Snowbound Pub gekauft, und den Rest kennst du ja.«

Pacey unterhielt sich gern mit Kyra, da sich sogleich ein

Gefühl der Vertrautheit zwischen ihnen eingestellt hatte.

»Hast du schon immer im Pub gesungen?« wollte er wissen.

Kyra schüttelte den Kopf. »Ich habe erst dieses Jahr den Mut dazu aufgebracht. An der High School singe ich im Chor, und Dad hat mir das Gitarrespielen beigebracht. Meine Eltern haben mich schon immer ermuntert aufzutreten, aber erst diesen Dezember habe ich damit angefangen.« Sie lachte. »Und nun kann ich gar nicht genug davon bekommen! Man muß mich förmlich von der Bühne schleppen.« Kyra schwieg einen Augenblick und streifte sich eine Haarsträhne aus dem Gesicht.

»Aber genug von mir. Was hast du zu erzählen?« fragte sie Pacey.

Pacey erzählte ihr von Capeside und machte ein paar nur allzu wahre Witze über seine gestörte Familie. Er erzählte, wie gern er Basketball spielte, mit seinen Freunden herumhing und wie er zum Spaß an einem Schönheitswettbewerb teilgenommen hatte.

»Es ist wahr!« beteuerte Pacey. »Ich habe es getan, weil ich hoffte, genug Geld zu gewinnen, um zu Hause ausziehen zu können. Leider hat es nicht geklappt.«

Kyra lachte. Ihr schienen all seine verrückten Geschichten zu gefallen. »Dazu gehört aber sehr viel Mut!« lobte sie.

»Na ja, mein Vater hat mich ziemlich zurechtgestutzt, als ich an dem Abend nach Hause kam. Ich weiß nicht, ob es so mutig war.«

Kyra sah ihn einen Augenblick lang zärtlich an. »Ich finde dich schon sehr mutig. Du hast dich schließlich auch bei mir entschuldigt.«

Für Pacey zählte das nicht. »Das verlangt doch der Anstand. Das hat nichts mit Mut zu tun, wobei ich in beiderlei Hinsicht noch viel zu lernen habe.«

Kyra schien sehr interessiert an allem, was Pacey zu sagen hatte. Das war er gar nicht gewohnt – bei seiner großen

Familie, wo er sich in all dem Geschrei kaum Gehör verschaffen konnte.

Als die Pizza serviert wurde, bestellten sie noch einen Krug Soda und aßen schweigend. Pacey fiel ein, daß er sich bei einem ersten Date normalerweise unbehaglich fühlte, wenn die Unterhaltung nicht in Gang blieb. Aber mit Kyra war das anders. Es war alles so einfach, so natürlich und angenehm mit ihr, als würde er sie schon Ewigkeiten kennen.

Als sie noch mit der Pizza beschäftigt waren, trat ein Herr im Smoking zu ihnen an den Tisch. »Jetzt gibt's eine Vorstellung!« flüsterte Kyra Pacey zu und lächelte den Mann an.

Der wischte sich noch einmal über seinen Samtsmoking und schnippte mit den Fingern. »Volare! Whoa-oh!« schmetterte er. Das ganze Restaurant fing an, rhythmisch mitzuklatschen, während er singend an allen Tischen vorbeizog.

Pacey und Kyra lachten. Pacey fand, der Typ hatte eine gute Stimme, aber er war einfach zu schmierig. Mit der dikken Goldkette, den klotzigen Ringen und dem gerüschten Smokinghemd, das bis zum Bauchnabel aufgeknöpft war, wirkte er wie ein Barsänger aus *Saturday Night Fever*.

Als er zu Ende gesungen hatte, fingen alle an zu jubeln, und der Gentleman verbeugte sich. Dann stimmte er ein neues Lied an: »When the moon hits the sky like a big pizza pie, that's amore ...« knödelte er und wies die Gäste mit einer auffordernden Geste an mitzusingen.

Pacey hob sein Glas und schwenkte es im Takt, als er einstimmte: »That's amore!«. Er wußte, daß er nicht gut singen konnte, aber er hatte so viel Spaß, daß es ihm egal war. »That's amore!«

Kyra beugte sich zu Pacey vor. »Wie wäre es mit ein paar Gesangsstunden im Austausch für den Snowboard-Unterricht?« fragte sie und war durch das Gejohle der Gäste kaum zu verstehen.

Pacey lächelte. »Das nenn ich ein gutes Geschäft!« schlug er ein.

Er biß ein großes Stück von seiner Pizza ab und spürte, wie seine Lebensgeister erwachten. Alles um ihn herum sah so farbenfroh, so festlich und schön aus – besonders Kyra. Ihre Stimme war wirklich bezaubernd, dachte er, als sie den alten Sinatra-Titel mitsummte, den der Entertainer jetzt grölte.

Spontan griff Pacey nach Kyras Hand und drückte sie sanft. Kyra hatte recht gehabt. Er hätte nie gedacht, daß es in einer einfachen Pizzeria so unterhaltsam zugehen könnte. Und an diesem Abend amüsierte er sich glänzend.

»Und da habe ich jemandem auf der Piste das Leben gerettet«, sagte Stinky, und Joey unterdrückte nur mühsam ein Gähnen. »Habe ich dir das schon erzählt?«

»Schon zweimal«, sagte Joey, ein wenig zu barsch. Als sie Stinkys verletzten Gesichtsausdruck bemerkte, fügte sie schnell hinzu: »Aber es war jedesmal spannend.«

Joey fühlte sich in Stinkys Auto wie gefangen. Sie wollte schnell nach Hause und in ihr Bett kriechen. Sie war total erschöpft vom Skifahren, aber noch viel mehr hatte sie Stinkys ständiges Gerede von sich selbst ermüdet.

Joey wurde klar, daß man für ein Gespräch nicht unbedingt zwei Personen braucht. Es war doch verrückt, dachte sie, daß Stinky am Ende des Abends immer noch nicht mehr von ihr wußte als ihren Namen. Fast schien es, als galt es, einen Preis dafür zu gewinnen, daß er ihr den ganzen Abend keine einzige Frage gestellt hatte.

»Also«, unterbrach Joey seinen Monolog über all die Berge, auf denen er schon Ski gefahren war. Sie legte ihre Hand auf den Türgriff. »Wenn ich morgen früh aufstehen will, sollte ich jetzt ins Bett.«

»Oh, okay«, sagte Stinky. Er wirkte enttäuscht. »Wir können uns ja morgen weiterunterhalten«, schlug er vor. Er beugte sich vor und gab Joey ein Küßchen auf die Wange, das sie tatsächlich ohne zurückzuweichen über sich ergehen ließ. »Und vergiß nicht, morgen nach dem Unterricht das Bewertungsformular auszufüllen.«

»Mach' ich, bye, und danke für das Essen«, sagte Joey in einem Atemzug. Sie stieg aus dem Wagen und schloß schnell die Tür hinter sich. Einfach unglaublich, wie gutes Aussehen die Jungs verderben konnte, dachte sie.

Joey ging in Richtung Veranda. Als Stinky kurz hupte, drehte sie sich um und winkte ihm noch einmal zu. »Armer Tropf«, dachte sie. Er tat ihr sogar eine Sekunde lang leid, denn er schien sie wirklich zu mögen. Aber wenn sie auch nur noch einen Satz zu hören bekam, der mit »ich« anfing, oder nur noch einmal das Wort »Bewertungsformular«, dann würde sie laut schreien.

Er war einer von diesen extremen Überfliegertypen. In allem, was er tat, mußte er der Beste sein – nur um hinterher mit seinen Errungenschaften zu prahlen. Joey fand es irgendwie komisch, daß er sich anscheinend am meisten darum sorgte, von ihr eine gute Bewertung zu bekommen. Da er tatsächlich ein guter Lehrer war, hätte er sich darum eigentlich nicht den geringsten Gedanken machen müssen. Er hätte es sich sparen können, ständig darauf herumzureiten.

Sie öffnete leise die Eingangstür und zog im Flur ihre Stiefel aus. Es war totenstill in der Hütte. Wahrscheinlich waren Dawson und Jen nach diesem anstrengenden Tag auf der Piste schon früh zu Bett gegangen.

Sie tappte auf Zehenspitzen in die Küche und blieb stehen, als sie das Hähnchen auf der Anrichte bemerkte. Es war kalt und unangetastet, so als hätte es jemand zubereitet und wäre dann davongerannt.

Merkwürdig. Hoffentlich war alles in Ordnung.

Joey drehte sich um, als sie im Wohnzimmer ein Geräusch hörte. Sie erstarrte und lauschte. Da war jemand. Vielleicht ein Einbrecher – und Jen und Dawson waren geflohen, als sie ihn gehört hatten.

Was sollte sie tun? Joey dachte schnell nach und angelte sich dann eine Kupferpfanne von dem Regal über dem Ofen. Leise schritt sie in Richtung Wohnzimmer. Sie drückte sich an die Wand und lauschte.

Sie konnte die Geräusche nicht genau identifizieren. Neben dem Knistern des Feuers hörte sie auch, wie sich irgendetwas oder jemand bewegte. Aber da war noch etwas anderes. Sie hatte keine Ahnung, wer – oder was – da drinnen war.

Joey entschloß sich zum Angriff. Sie holte tief Luft und stürmte mit hocherhobener Pfanne in das Zimmer.

»Aaaahh!« schrie sie und ließ die Pfanne zu Boden fallen.

»Aaah!« kreischten Dawson und Jen und lösten sich abrupt aus ihrer Umarmung.

Joey atmete geräuschvoll aus und legte eine Hand auf ihr laut klopfendes Herz. »Es tut mir leid«, sagte sie. »Ich dachte, da wäre ein ... ihr wärt ... Einbrecher oder so was«, stammelte sie und wurde unter den peinlich berührten Blicken der beiden immer verlegener. »Ich habe das Hähnchen gesehen«, hob sie noch zu einer Erklärung an, gab dann aber auf. Sie raffte sich zusammen und sagte: »Tut mir leid. Ich gehe jetzt ins Bett. Gute Nacht!«

Als Joey die Treppe hinaufeilte, ließ sie die Szene in Gedanken noch einmal Revue passieren. Dawson und Jen hatten da mitten auf der Couch rumgeknutscht. Was für ein Schock!

Die beiden wieder zusammen zu sehen, hatte in Joey eine nur allzu bekannte Flut von Gefühlen ausgelöst. In ihrem Zimmer angekommen, schloß sie die Tür und schälte sich aus ihren Kleidern.

Sie versuchte, an ihr Date zu denken, um den Stich in ihrem Herzen zu verdrängen. Aber es wollte nicht funktionieren. Wie sehr sie es auch versuchte, sie konnte das Bild von Jen und Dawson, wie sie sich auf der Couch geküßt hatten, nicht aus ihrem Kopf verbannen.

Sie wußte nicht, warum es ihr so viel ausmachte. Was erwartete sie denn von Dawson? Immerhin hatte sie ihm am Abend zuvor noch klargemacht, daß sie nicht wieder mit ihm zusammensein wollte. Sie hatte nicht einmal sagen können, ob sie ihn noch liebte. Und zu allem Überfluß hatte sie sich auch noch an einem Wochenende gleich mit zwei Typen verabredet.

Sie erwartete nicht, daß Dawson einfach nur rumsitzen und ihr ewig hinterherjammern würde. Aber ob es gut für ihn war, wieder etwas mit Jen anzufangen?

Joey versuchte, nicht mehr daran zu denken. Das war ja auch nicht ihr Problem.

Ein unangenehmes Gefühl nagte an ihr, so als hätte man sie im Regen stehenlassen. Joey wußte, daß es egoistisch und dumm war, aber sie konnte nichts dagegen tun. Warum wünschte sie sich plötzlich, sie wäre anstelle von Jen da unten mit Dawson auf der Couch?

Niedergeschlagen rückte Dawson von Jen ab und starrte verzweifelt in Richtung Treppe. Was für ein schlechtes Timing! Warum hatte Joey genau in diesem Moment hereinplatzen müssen?

Er wußte nicht, wie es geschehen war. Gerade hatte er Jen noch getröstet, sie gedrückt und ihr übers Haar gestrichen, einfach um sie zu beruhigen. Und dann hatten sie sich auf einmal leidenschaftlich geküßt. Er konnte nicht einmal einschätzen, wie lange.

»Es tut mir leid«, sagte Jen sanft.

Dawson seufzte und drehte sich wieder zu ihr um. »Warum sollte es dir leid tun? Es lag ja nicht an dir. Ich hätte nicht... Ich will nicht, daß du denkst, ich hätte einen Vorteil aus der Situation...«

Jen schüttelte den Kopf. »Das denke ich auch nicht. Es tut mir leid wegen Joey. Ich bin ja nicht blind. Ich weiß, daß du sie zurückhaben willst. Und ich weiß, es nimmt dich mit, daß sie uns gesehen hat.«

Dawson fehlten die Worte. Er saß einfach nur beklommen und stumm wie ein Fisch auf der Couch.

»Aber es war schön, nicht wahr?« sagte Jen. »Wie früher. Der Kuß heute und auch der von gestern abend.«

Dawson nickte. Es war wirklich schön gewesen. Jemanden zu umarmen, jemanden zu küssen, war ein tolles Gefühl. Aber er wünschte sich so sehr, dieser Jemand wäre Joey.

Joey. Sie hatte ziemlich überrascht ausgesehen. Aber war da nicht auch eine Spur Beunruhigung in ihrem Gesicht gewesen?

Dawson runzelte nachdenklich die Stirn.

Vielleicht war Joey ja ein wenig eifersüchtig geworden und würde dadurch ihre alten Gefühle für ihn wiederentdecken.

Und wenn er morgen mit Jen auf die Piste ging? Würde Joey dann auch eifersüchtig reagieren?

Er hoffte es sehr.

13

»Guten Morgen, ihr Lieben! Die Sonne ist schon da!« rief Pacey am nächsten Morgen. Es war zwar noch sehr früh, aber er hatte es eilig, auf die Piste zu kommen, denn er hatte sich mit Kyra für Punkt acht an der Skistation verabredet. Es wurde Zeit, daß sich seine lieben Freunde aus den Federn erhoben. Er würde jedenfalls nicht auf sie warten.

Anderseits mußte er unbedingt jemandem von seinem Date erzählen. Als er nach Hause gekommen war, hatten die anderen schon geschlafen. Er war versucht gewesen, Dawson aufzuwecken und ihm von seinem Abend zu berichten, aber er hatte es sich dann doch anders überlegt.

Pacey ging in Gedanken noch einmal den weiteren Verlauf des gestrigen Abends durch. Nach der Pizza hatte Kyra vorgeschlagen, Kegeln zu gehen. Sie waren von der Pizzeria aus zu der kleinen roten Scheune gegangen, in der die Bahn untergebracht war.

Pacey hatte noch nie gekegelt und er hatte keine Ahnung, was auf ihn zukam. Obwohl es ganz anders als Bowlen war, machte es ihm auf Anhieb genau soviel Spaß. Die Kugeln waren viel kleiner, so daß sie fast ganz in seine Hand paßten. Die Kegel waren lang und schmal – nicht birnenförmig – und sie waren leichter. Deshalb fielen sie auch leichter um.

Zunächst sah es so aus, als hätte Pacey leichtes Spiel, aber er merkte sehr schnell, daß es schwieriger war, als es aussah.

Mit diesen Kugeln mußte man sehr genau zielen, und man konnte leicht die Kontrolle über sie verlieren.

Kyra und er amüsierten sich prächtig, sie lachten viel, kegelten und spielten Songs aus der Jukebox, wobei sie entdeckten, daß sie fast denselben Musikgeschmack hatten.

Gleich nebenan gab es einen kleinen Eisladen, und Pacey lud Kyra zu einem Vanilleeis mit Schokosplittern ein.

Es war schon ziemlich spät, als sie in der Eisdiele saßen und an ihrem Eis lutschten, aber Pacey wollte den Abend noch nicht beenden. Es war alles wunderbar gelaufen, und Kyra war nicht einmal hingefallen oder gestolpert und hatte auch nichts kaputtgemacht. Sie schien in Paceys Gegenwart vollkommen entspannt zu sein. Umgekehrt war es genauso.

Obwohl Pacey am liebsten noch geblieben wäre, fuhr er Kyra nach Hause, sobald sie das Eis gegessen hatten. Es brachte ja nichts, ihre Eltern gleich am ersten Abend zu verärgern.

Kyra wohnte in einem kleinen einfachen Bauernhaus weiter unten an der Straße. Pacey hielt an, und sie verabredeten sich für den nächsten Tag. Dann lehnte er sich zu ihr hinüber und gab ihr einen schnellen Kuß auf die Lippen, mehr wollte er nicht riskieren.

Zu seiner großen Verblüffung zog Kyra ihn zu sich heran und verpaßte ihm einen langen, innigen Kuß, der ihm förmlich die Socken auszog. Als Pacey an diesem Morgen wieder daran denken mußte, wurde ihm noch ganz heiß.

Er tauchte aus seinem Tagtraum auf und beschloß, seine drei verschlafenen Freunde etwas energischer aus dem Bett zu trommeln. Er nahm zwei Kupferpfannen und schlug sie gegeneinander.

»Aufstehen! Frühstück!« rief er. Und eh er sich versah, stürmten drei wütende, verstrubbelte Leute in die Küche.

»Es ist erst halb sieben«, grollte Joey. »Was zum Teufel ist los mit dir?«

»Wir sollten so früh wie möglich auf die Piste, damit wir den Tag nicht vergeuden«, erklärte Pacey.

»Aber die Lifte öffnen doch erst um acht«, krächzte Jen. »Und warum bist du überhaupt heute morgen schon so früh fit?«

»Gut gelaunt, meinst du wohl!« sagte Pacey, warf eine Pfanne in die Luft und fing sie am Griff wieder auf. »Zufällig habe ich gestern abend ein phantastisches, großartiges, absolut sagenhaftes Date gehabt.«

»Das ist super«, sagte Dawson und gähnte. »Ich freue mich, daß es so gut gelaufen ist.«

Pacey nickte glücklich lächelnd. »Ich bin noch nie einem Mädchen wie ihr begegnet. Sie ist so anders.«

»Aber mal was anderes«, sagte er, weil er sich an Joeys Date erinnerte, »wie war es bei dir gestern abend?«

Joey runzelte die Stirn. Sie schien so früh am Morgen noch nicht dazu aufgelegt, mit ihm sprechen zu wollen. Pacey bemerkte, wie Dawson und Jen unsichere Blicke tauschten. Dann murmelte Joey: »Es war super. Absolut super. Ich hatte auch einen denkwürdigen Abend.«

»Und was habt ihr beide gestern noch so gemacht?« fragte Pacey Dawson und Jen, die sich verlegen ansahen.

»Wir haben ... uns beschäftigt«, sagte Dawson zögernd, aber damit wußte Pacey nichts anzufangen. Schnell wechselte Dawson das Thema. »Wo bleibt denn das Frühstück? Ich bin nur deswegen aufgestanden.«

»Richtig!« dachte Pacey. Er hatte eigentlich noch gar nichts vorbereitet. »Ich wollte gerade ein wunderbares Riesenrührei machen«, sagte er, obwohl er keine Ahnung hatte, wie das ging. Kein Problem, dachte er. Heute war er so gut drauf, daß ihm einfach alles gelingen würde.

Dawson und Jen saßen schweigend im Sessellift. Dawson grübelte über den letzten Abend nach und wußte nicht, was er tun oder sagen sollte. Glücklicherweise verhielt sich Jen vollkommen normal, wofür Dawson ihr dankbar war. Nur konnte er Joeys Blick nicht vergessen, als sie ihn und Jen küssend im Wohnzimmer erwischt hatte. Sie hatte jedoch an diesem Morgen kein Wort darüber verlauten lassen, dafür aber betont, wie erfolgreich ihr Date am vergangenen Abend verlaufen war.

Dawson dachte daran, wie das Ganze überhaupt angefangen hatte: Jen hatte entdeckt, daß ihr Vater eine Affäre hatte. »Wie geht es dir heute?« fragte er steif. »Wegen deinen Eltern, meine ich.«

Jen machte ein betrübtes Gesicht. »Schrecklich! Ich weiß nicht, was ich tun soll. Es einfach meiner Mutter erzählen? Ein Teil von mir ist so wütend auf Dad, daß ich es gern tun würde. Oder sollte ich zuerst mit meinem Dad reden und ihn das klären lassen?«

Dawson nickte nachdenklich. »Das ist eine schwierige Frage«, sagte er. »Vielleicht solltest du erst deinen Dad zur Rede stellen. Deine Mutter könnte sich gedemütigt fühlen, daß du es vor ihr wußtest – glaub mir.«

»Das stimmt«, sagte Jen und wägte beide Möglichkeiten gegeneinander ab. »Ich bin einfach so durcheinander. Ich weiß nicht, was ich tun soll. Vielleicht sollte ich mich ja auch nur um meinen eigenen Kram kümmern und gar nichts tun.«

»Ich glaube nicht, daß das gut ist«, meinte Dawson. »Es wird dich innerlich auffressen. Du mußt es loswerden.«

»Na ja, ich kann sowieso nichts tun, bis meine Eltern wieder aus London zurück sind«, überlegte Jen laut. »Und ich vermute, ich sollte von dem Wochenende retten, was es noch zu retten gibt.«

Dawson hob den Sicherheitsbügel hoch, und sie sprangen nacheinander aus dem Sessel.

»Laß uns nicht mehr darüber reden, okay?« bat Jen und putzte ihre Sonnenbrille.

»Wie du willst«, sagte Dawson und zog eine Karte aus der Tasche. »Ich bin für dich da, wenn du reden willst.«

»Das weiß ich«, sagte Jen wehmütig.

Dawsons Herz machte einen Satz, und er wußte nicht, was er tun sollte. Bevor er sich mit Tröstungsversuchen in noch größere Schwierigkeiten brachte, reichte er ihr die Karte. »Was hältst du davon, wenn wir diesmal die ›Bärenfalle‹ nehmen. Sie läuft mitten im Zentrum des Skigebiets aus.«

Jen nickte, und sie fuhren los, Dawson auf seinem Snowboard und Jen auf Skiern.

Auf dem Weg nach unten fielen Dawson die wunderschönen Kiefern mit ihren Schneemützen auf. Er atmete tief die klare Bergluft ein, die so ganz anders war als die Meeresbrise in Capeside.

Sie sausten weiter den Hang hinunter, sprangen über diese Hubbel und umkurvten jene. Am Ende der Piste tat sich eine weite Fläche auf, wo es vor Leuten in bunten Klamotten nur so wimmelte.

Eine knallblaue Jacke fiel Dawson sofort ins Auge. War das Joey, die da langsam mit ihrem Lehrer den Berg hinunterfuhr?

Daß sie es tatsächlich war, fand er erst heraus, als sie an ihm vorbeifuhr. Sie hatte ihn nicht einmal gesehen. Vermutlich hatte sie auch vergessen, was letzten Abend mit ihm und Jen passiert war. Dawson suchte verzweifelt nach einer Möglichkeit, sie daran zu erinnern.

Er hielt sich am Rand der breiten Piste und beschleunigte, bis er Joey überholt hatte. Jen blieb dicht hinter ihm. Perfekt, dachte Dawson.

Als sie an einer günstigen Stelle angekommen waren, bremste Dawson plötzlich. Jen stoppte ebenfalls.

»Stimmt etwas nicht?« fragte sie. »Warum hast du so scharf gebremst?«

»Mein Stiefel war irgendwie locker«, log Dawson und bückte sich, um an der Bindung herumzufummeln. Er sah flüchtig den Berg hoch. Joey kam langsam und ahnungslos auf sie zu. Jetzt war der richtige Zeitpunkt!

Dawson griff mit beiden Händen in den Schnee und bewarf Jen.

»Dawson!« schrie Jen und kicherte. »Laß das!«

»Ich dachte, du könntest etwas Aufheiterung gebrauchen«, sagte er und beugte sich vor, um sie in den Schnee zu ziehen. Er legte die Arme um sie, näherte sein Gesicht dem ihren und lächelte. Einen Augenblick lang dachte er daran, sie wieder zu küssen.

Aber dazu kam er nicht, denn Joey tauchte hinter ihnen auf. »Oh, hallo«, sagte Dawson und tat überrascht.

Joey hielt vorsichtig an; ihr Lehrer war dicht hinter ihr. Genau wie Dawson gehofft hatte, schien es Joey zu irritieren, die beiden erneut in einer verfänglichen Situation anzutreffen. »Hey«, sagte sie verlegen. »Seid ihr hingeflogen, oder was?«

Dawson rollte sich zur Seite und half Jen aufzustehen. »Wir amüsieren uns nur. Aber du machst auf Skiern schon eine ganz passable Figur. Du hast viel gelernt.« Er wandte sich an den Typen an ihrer Seite: »Bist du der Lehrer?«

»Ja, ich bin Chad Matthews«, sagte er und streckte seine Hand aus. »Aber du kannst mich Stinky nennen.«

Dawson unterdrückte nur mühsam ein Grinsen, als er ihm die Hand schüttelte. Joey traf sich mit einem Typen, der Stinky genannt wurde?

»Dawson Leery«, stellte er sich vor. »Schön, dich kennenzulernen. Wir haben schon viel von dir gehört«, fügte er vielsagend hinzu und lachte in sich hinein, weil Joey errötete.

»Schon bald wird sie den ganzen Berg in Angst und Schrecken versetzen«, witzelte Stinky und legte einen Arm um Joey.

»Ja«, sagte Jen und stieß Dawson in die Seite. Sie hatte es eilig wegzukommen. »Dann bis später! Wir treffen uns an der Rennstrecke.«

»Bye«, sagte Joey, und Stinky winkte ihnen nach.

Dawson war zufrieden mit sich und folgte Jen den Berg hinunter. Sein kleiner Plan hatte perfekt funktioniert. Joey schien die Sache nicht zu behagen, und offensichtlich war sie neugierig, was da zwischen ihm und Jen vorging. Es hatte sie bestimmt auch gewundert, daß er sich so cool verhalten und freundlich mit ihrem Skilehrer unterhalten hatte. Er hoffte, das würde ihr den Rest des Tages zu denken geben.

Noch vor Dawson hielt Jen am Fuß des Berges an. »Das hat Spaß gemacht«, fand sie, und zum ersten Mal seit dem vergangenen Abend sah sie fröhlich aus.

Plötzlich wurde Dawson von Schuldgefühlen geplagt. Er benutzte Jen nur, um mit Joey zu spielen. Aber er tat doch nichts Böses, oder? Er hatte mit Jen ja immer schon herumgealbert, und geküßt hatte er sie heute auch nicht. Auf jeden Fall mußte er verhindern, daß Jen sich falsche Hoffnungen machte.

Bei dem, was sie im Moment durchmachte, war es alles andere als eine gute Idee, sie für seine eigenen Zwecke hinters Licht zu führen, überlegte Dawson.

Er fühlte ein schweres Gewicht auf seinen Schultern lasten. Er erkannte, daß sein Verhalten falsch gewesen war, wie raffiniert auch immer er das Ganze angestellt hatte. Er mußte einen anderen Weg finden, Joey zurückzugewinnen – ohne mit den Gefühlen einer guten Freundin wie Jen zu spielen.

»Hierher, ma chérie«, rief Jean-Pierre, als Joey in den Pub kam.

Sie winkte ihm fröhlich zu. Er sah schlichtweg phantastisch aus! Schwer zu sagen, wer ihr besser gefiel – Jean-Pierre oder Stinky. Heute hatte ihre Begeisterung für Stinky eine Renaissance erlebt, zumindest teilweise. Solange er unterrichtete, war er geistreich, geschickt und aufmerksam. Lediglich abseits der Piste wurde er zum totalen Langweiler.

Glücklicherweise hatte Joey auf dem Bewertungsformular ja nur sein Talent als Skilehrer zu beurteilen, nicht seine Fähigkeiten als Freizeitgestalter. Sie hatte die beste Note angekreuzt, wie er es sich gewünscht hatte. Und die hatte er auch verdient.

Als sie an den Tisch kam, stand Jean-Pierre auf, nahm ihre Hand und hauchte einen Kuß darauf.

»Du bist heute très belle«, sagte er.

»Merci«, antwortete Joey. Seine romantische, höfliche Art schmeichelte ihr.

»Du sprichst Französisch?« fragte Jean-Pierre überrascht.

»Un peu«, entgegnete Joey. »Ich habe Französisch in der Schule.«

»Dann werden wir beide uns ja bestens verstehen«, stellte Jean-Pierre zufrieden fest, als er sich wieder hinsetzte.

Joey war froh, daß Jean-Pierre sich mit ihr im Pub verabredet hatte und nicht in der chaotischen Cafeteria. Sie wollte gern mehr über ihn wissen. »Bist du bereit für das große Rennen?« fragte sie, während sie die Speisekarte überflog. »Du scheinst kein bißchen nervös zu sein.«

»Das habe ich auch nicht nötig«, sagte Jean-Pierre. »Meine Leistungen sind hervorragend.«

»Oh. Okay«, sagte Joey, überrascht von seinem ausgeprägten Selbstbewußtsein. »Ich bringe nachher meine Freunde mit zum Anfeuern. Ich bin sicher, sie werden dir gefallen.«

»Deine Freunde sind mir egal.« Er unternahm nicht einmal den Versuch, höflich zu sein, und klappte die Speisekarte zu. »Ich will nur, daß mich ein hübsches Mädchen anfeuert. Weißt du, meine Freundin hat zu Beginn der Saison Schluß gemacht. Und ohne ein hübsches Mädchen am Rand ist es einfach nicht dasselbe.«

Großartig, dachte Joey. Jean-Pierre war also ein noch größerer Trottel als Stinky, wenn das überhaupt möglich war. Sie sollte also lediglich rumstehen und hübsch für Jean-Pierre aussehen, zweifelsohne, um seine Teamkameraden zu beeindrucken – oder ihn selbst.

Wenn sie schon als Pistendekoration diente, wollte sie wenigstens noch ein Gratisessen abstauben, beschloß Joey. Sie mußte zu dem Rennen gehen, um ihre Freunde zu treffen, und sie wollte ihren Traum noch nicht ganz aufgeben – den Traum, daß zwei Männer um sie konkurrierten. Sie mußte zugeben, es machte ihr Spaß, daß sowohl Jen als auch Dawson neidisch waren. Sie würde den Traum noch ein wenig länger ausspielen.

Schade, daß die Realität nicht halb so aufregend war!

Dawson löste die Bindung, stieg von seinem Board und half Jen, ihre Skier in den Schnee zu stecken. Sie stellten sich an den Rand der Rennstrecke und hielten nach Pacey und Joey Ausschau.

Es hatte ihm Spaß gemacht, mit Jen Ski zu fahren. Sie hatte ihre Sorgen anscheinend beiseite geschoben, um sich zu amüsieren. Dawson bewunderte das. Es gab nicht viele Leute, die sich so gut unter Kontrolle hatten wie Jen.

Und je mehr er darüber nachdachte, wie er sie als Figur in dem Spiel, Joey eifersüchtig zu machen, benutzt hatte, um so wütender wurde er auf sich selbst. Er hatte sie zwar nur eingeladen, mit ihm Ski zu fahren, und sie dann vor Joey in den Schnee gezogen, aber das war schon Grund genug, sich schlecht zu fühlen. Dieses Spielchen mußte jedenfalls ein Ende haben.

Den ganzen Tag hatte Dawson über einen Plan B in Sachen Joey nachgegrübelt, jedoch ohne Ergebnis. Er hatte sogar ins Auge gefaßt, das Ganze zu vergessen und aus dem Rest des Wochenendes eine Joey-freie Zone zu machen. Aber das gestaltete sich schwierig, weil er ja beispielsweise nur ihr zuliebe zu diesem Rennen gekommen war. Eigentlich wollte er so schnell wie möglich wieder auf die Piste.

Jen entdeckte Pacey, der händchenhaltend mit Kyra am Ende einer Zuschauerreihe stand. Sie gingen auf das glückliche Pärchen zu, und Dawson stieß Pacey von hinten in den Rücken. »Wie läuft's?« fragte er.

Pacey drehte sich strahlend um. »Dawson, mein Lieber, Jen, meine Liebe! Hattet ihr einen schönen Vormittag?«

»Es war herrlich«, sagte Jen und Dawson nickte zustimmend. Über Paceys wundersame Verwandlung konnte er nur staunen. Noch vor einer Woche war Pacey ein unsicherer Neurotiker gewesen, der sich über alles und jeden aufregte. Nun lächelte er selbstbewußt und sorgenfrei. Seine einzige Sorge galt dem schönen Mädchen an seiner Seite.

Dawson sah Joey heranstapfen. Sie wirkte erst etwas verdrießlich, aber ihre Miene hellte sich auf, als sie ihre Freunde sah. »Hallo, Leute«, rief sie. »Ich war noch nie bei einem Skirennen. Das ist ganz schön aufregend. Ich hoffe, Jean-Pierre gewinnt mit seinem Team.«

»Meine Damen und Herren«, dröhnte in diesem Augenblick eine Stimme aus dem Lautsprecher. »Wir begrüßen Sie herzlich zum alljährlichen Slalomrennen am Steep Mountain und freuen uns, daß Sie so zahlreich erschienen sind. Genießen Sie dieses Rennen, und sehen Sie sich auch morgen unsere Amateurwettbewerbe an!«

»Wen sollen wir denn anfeuern?« fragte Dawson Joey. Er hoffte, das Rennen würde nicht allzulang dauern.

»Lediglich Montreals besten Nachwuchs-Skifahrer, Jean-Pierre Mouly«, sagte Joey süffisant.

»Ach, hat er dir das erzählt? Ich wette, es gibt eine Menge Franko-Kanadier, die da anderer Meinung sind.«

Joey war verärgert. »Nein, das stimmt«, sagte sie. »Er hat mehr Rennen gewonnen als alle anderen in seiner Gruppe.«

»Okay«, sagte Dawson und hob abwehrend die Hände. Er empfand Eifersucht auf diesen Typen, der so hoch in Joeys Gunst stand, obwohl sie ihn doch kaum kannte. »Ich meine, er ist schließlich kein Triathlet oder sowas. Es kann ja nicht allzu schwer sein, den Berg runterzurasen. Die Schwerkraft erledigt das doch fast von allein.«

Joey sah Dawson mit saurer Miene an. »Ach ja? Es ist wohl leicht, über etwas herzuziehen, das man selbst nicht kann.«

Dawson lachte. »Zufällig bin ich ein exzellenter Skifahrer, wobei ich vermute, daß der Typ kein Snowboard fahren kann, oder vielmehr nicht snowboarden kann, wie der Fachmann sagt.«

Bevor Joey antworten konnte, kehrte plötzlich Ruhe unter den Zuschauern ein. Das Rennen hatte begonnen.

»Meine Damen und Herren, für die Universität von Montreal startet Jean-Pierre Mouly.«

»Oh, er fährt als erster«, sagte Joey. Sie bedachte Dawson mit einem höhnischen Grinsen und rief: »Los Jean-Pierre! Zeig's ihnen!«

Wusch! Und schon war Jean-Pierre, der sehr schlank in seinem Rennanzug wirkte, gestartet. Er stieß sich kraftvoll ab und ging, als er an Tempo zulegte, in die Hocke. Mühelos passierte er das erste Tor, das zweite und auch all die anderen.

»Wow«, sagte Jen. »Er hat sich total unter Kontrolle, selbst bei dieser Geschwindigkeit. Da muß man alle Bewegungen ganz genau koordinieren, damit man nicht aus dem Gleichgewicht gerät und wertvolle Sekundenbruchteile verliert.«

Dawson warf Jen einen vernichtenden Blick zu. Sie machte alles nur noch schlimmer.

»Schneller! Allez!« rief Joey.

Jean-Pierre fuhr über die Ziellinie und brachte eine beeindruckende Zeit zustande, wie selbst Dawson zugeben mußte. Aber jetzt wollte er erst einmal sehen, wie die anderen sich schlugen.

Im weiteren Verlauf des Rennens starteten Fahrer aus diversen US-amerikanischen und kanadischen Teams. Schlußendlich wurde Jean-Pierre fünfter, was angesichts der großen Teilnehmerzahl ziemlich gut war. Auch das mußte Dawson zugeben. Aber der Beste war er noch lange nicht.

»Sieht so aus, als wäre Montreals Nummer eins im Wettkampf gar nicht so berauschend«, bemerkte Dawson laut.

»Typischer Spruch von einem Couch potato wie dir. Du hockst ja dein ganzes Leben nur vor der Glotze«, fuhr ihn Joey an, bevor sie zu Jean-Pierre hinüberlief, um ihm zu gratulieren.

Dawson war erschüttert. Couch potato? Joey nannte ihn Couch potato?

Wieder dröhnte die Stimme des Ansagers aus dem Lautsprecher. »Vielen Dank für Ihre Aufmerksamkeit, meine Damen und Herren. Kommen Sie auch morgen zu den Amateurwettkämpfen. Wer sich daran beteiligen möchte, kann hier im Ziel das Anmeldeformular ausfüllen.«

Und so spielte das Schicksal Dawson, der innerlich kochte, ganz unversehens Plan B in die Hände. Der Amateurwettbewerb war genau die richtige Gelegenheit, um Joey zu beeindrucken und ihr zu beweisen, daß er kein Couch potato war. Und damit er nicht in Konkurrenz zu Jean-Pierre treten mußte, wollte er sich für den Snowboard-Slalom anmelden.

»Wo kriege ich dieses Anmeldeformular?« wollte Dawson von Pacey wissen.

»Du willst da mitmachen?« fragte Pacey erstaunt und ließ Kyras Hand zum ersten Mal seit Rennbeginn los. »Hast du so was schon mal gemacht? Es ist bei weitem nicht so leicht, wie es aussieht und der Berg erscheint einem auf einmal viel steiler, wenn man durch diese Slalomtore fahren muß.«

»Ich mache mit«, sagte Dawson grimmig entschlossen. »Ich weiß, daß ich es schaffe.«

»Hey, Dawson«, sagte Jen und klopfte ihm auf die Schulter. »Dieses Machogehabe paßt gar nicht zu dir. Vergiß es! Warum solltest du dir so etwas antun?«

Dawson schüttelte verwundert den Kopf. Er konnte nicht glauben, daß seine eigenen Freunde ihm das nicht zutrauten. »Ihr denkt also auch, ich bin ein Weichei? Ich glaub's einfach nicht!«

»Niemand sagt, daß du ein Weichei bist, Dawson«, ermahnte ihn Jen energisch. »Ich halte es einfach nur für dumm mitzumachen, bloß weil Joey dich provoziert hat. Du mußt niemandem etwas beweisen.«

»Ja«, pflichtete ihr Pacey bei. »Wen kümmert das schon.

Skirennfahrer, tolle Sache! Aber die Jungs haben zum Beispiel keine Ahnung, wie man Filme macht.«

Dawson ließ sich von seinen Freunden nicht umstimmen. »Ich bin kein Couch potato«, sagte er wütend. »Und ich werde bei diesem Rennen mitmachen.« Er sah Jen und Pacey verächtlich an und fügte hinzu: »Ich hoffe nur, daß ihr mich morgen besser unterstützt.«

Er marschierte entschlossen in Richtung Anmeldung. Er würde es Joey – und seinen lieben Freunden – schon zeigen!

15

Pacey saß auf der Bank am Eingang zum Baumhaus, einem netten kleinen Restaurant, das Jen ihm empfohlen hatte. Er wollte Kyra an ihrem letzten gemeinsamen Abend in ein schönes Lokal ausführen.

Der letzte Abend! Pacey konnte es nicht glauben. Gerade hatten sie sich erst kennengelernt, und schon mußte er wieder zurück nach Capeside, zurück ins Witter-Institut für angewandte Familienfehden. Capeside, wo die Mädchen ihn behandelten, als hätte er irgendeine ansteckende Krankheit. Capeside, wo es überhaupt keinen Wintersport gab. Ein ödes Kaff eben.

Seit der Zeit mit Andie hatte er sich nicht mehr so gut gefühlt wie jetzt. Er empfand eine Art Seelenverwandtschaft mit Kyra und hatte das Gefühl, in ihrer Nähe seine Unsicherheit überwinden und einfach er selbst sein zu können. Wenn sie bei ihm war, kam sich Pacey attraktiv, intelligent, witzig und als Bereicherung seiner Umgebung vor. So, wie er in Kyras Gegenwart war, gefiel er sich.

Was sollte er ohne sie bloß tun? Glücklicherweise war Steep Mountain ja nur ein paar Stunden von Capeside entfernt. Sie konnten sich an den Wochenenden sehen. Wenn er je wieder das Auto seines Vaters benutzen durfte.

Auto. Vater. – Ätz! Er verbannte jeden Gedanken an zu Hause und dachte statt dessen an den schönen Tag, der hinter ihm lag. Es hatte ihm großen Spaß gemacht, Kyra Snowboard-Unterricht zu geben. Bis sie zu dem Rennen aufgebrochen waren, hatte sie schon erstaunliche Fortschritte gemacht und Pacey hatte sie damit aufgezogen, daß die Welt ja nun vor ihren Kamikaze-Aktionen sicher war.

Er sah auf die Uhr. Sie würde gleich kommen. Pacey genoß es, da draußen zu sitzen und auf seine Freundin zu warten. Die kalte Nachtluft brachte Ordnung in seine Gedanken. Alles schien ganz klar, alles schien möglich.

Pacey betrachtete sein Spiegelbild im Fenster des Restaurants. Er war froh, daß es auch in den schönsten Lokalen in Vermont halbwegs ungezwungen zuging. In dem überfrorenen Glas konnte er kaum erkennen, ob sein Äußeres in Ordnung war. Das Schild mit der Aufschrift »Aushilfe gesucht« verschwand fast ganz hinter den Eisblumen. Als er Schritte hörte, drehte er sich um.

Da war Kyra! Sein Herz machte einen Sprung. Er stand von der Bank auf, umarmte und küßte sie leidenschaftlich.

»Das ist eins der schönsten Restaurants hier«, sagte Kyra. »Du mußt das nicht ...«

»Für dich nur das Beste«, sagte Pacey und zog eine kleine weiße Rose aus der Jackentasche, die er ihr ins Haar steckte. Er öffnete die Tür und winkte sie hinein. »Nach Ihnen, Mademoiselle«, sagte er.

Kyra sah sich begeistert in dem gemütlichen Restaurant um. »Ich war noch nie hier«, sagte sie. »Woher kennst du es?«

»Sorgfältig recherchiert«, log er.

Jen hatte ihm genau das Richtige für diesen Abend empfohlen. Er war ihr etwas schuldig. Baumhaus war der passende Name für dieses reizende, romantische Lokal. Bis hin zu den Balken unter der Decke war alles aus Holz, und man war von Stämmen, Zweigen und Rinde nur so umgeben. Braune, goldene und orangefarbene Blätter dekorierten die

Wände, und auf den rustikalen Holztischen standen frische Winterblumen. Ein Kamin in der Ecke wärmte den kleinen Raum mit seinem friedlich knisternden Feuer zu den leisen Klängen klassischer Musik.

Der Kellner führte sie an einen Tisch, um den wuchtige Eichenstühle mit hohen Rückenlehnen standen. Pacey warf einen Blick auf den gebohnerten Holzboden und nahm die Speisekarte aus Kork und handgeschöpftem Papier zur Hand. »Mensch«, bemerkte er, »ich frage mich, wie viele Bäume die wohl gefällt haben, um den Laden so einzurichten.«

Kyra mußte so lachen, daß sie fast ihr Mineralwasser wieder ausgespuckt hätte. Sie gab Pacey das Gefühl, ungemein witzig zu sein.

Er wollte, daß sie sich beide noch lange an diesen Abend erinnerten. Wenn er nur wüßte, wann er sie wiedersehen konnte!

Plötzlich kam ihm das Schild in den Sinn, das er vorher in der überfrorenen Scheibe gesehen hatte. Es brachte ihn auf eine geniale Idee; die Antwort auf all seine Probleme. Er mußte erst noch ein paar Nachforschungen anstellen, aber wenn das klappte, hätte er für den Rest seines Lebens das Glück für sich gepachtet.

Er war ganz aufgeregt, als er sein Essen bestellte. Kyra würde ausflippen. Aber erst stand ihm noch einiges an Lauferei bevor. Es mußte einfach funktionieren, aber vorsichtshalber wollte er noch nichts davon verraten.

Morgen würde er ihr die gute Nachricht mitteilen.

Joey zog den Badeanzug an, den Jen ihr geliehen hatte, und freute sich auf ein schönes, entspannendes Bad. Sie hatte für heute abend keine Verabredung, und das war ihr mehr als recht, denn nach all den Egomanen-Schlachten sehnte sie sich nach etwas Ruhe.

Einen Traum zu leben und den Schein zu wahren, fand sie sehr anstrengend. Obwohl sie beim Lunch über Jean-Pierre verärgert gewesen war, hatte sie ihn wie wild angefeuert, nur weil Dawson sich so idiotisch benommen hatte.

Sie schnappte sich ein Handtuch und ging die Treppe hinunter. Als sie die Tür zum Baderaum öffnete, entdeckte sie enttäuscht, daß Dawson schon drin war.

Am liebsten hätte sie auf dem Absatz kehrtgemacht, aber ihre sture Seite riet ihr, zu bleiben. Wenn sie Lust zum Baden hatte, sollte nichts und niemand sie davon abhalten können!

Schweigend kletterte sie die kurze Holzleiter hoch und ließ sich in das dampfende Wasser gleiten.

»Es ist toll hier drin«, sagte Dawson, der offensichtlich Konversation machen wollte. »Das wird meine Muskeln für das Rennen morgen lockern. Du weißt sicher noch gar nicht, daß ich teilnehme.«

Joey gab als Antwort nur ein Grunzen von sich und wünschte, sie hätte sich eine Zeitung mitgebracht. Sie hatte keine Lust auf nutzlose Gespräche, sie wollte sich nur entspannen und ihre schmerzenden, überanstrengten Muskeln kurieren.

»Wie war dein Unterricht heute?« fragte Dawson unbeeindruckt von ihrer Wortkargheit.

»Schön«, antwortete Joey knapp.

»Wenn du es erst einmal kannst, verlernst du es nie wieder. Das ist wie Fahrradfahren«, plapperte er weiter.

Joey grunzte wieder. Plötzlich ging die Tür auf, und ein kalter Luftzug strömte herein. Jen kam in den Raum und schloß die Tür hinter sich. »Ooooh! Eine Pool-Party!« kreischte sie.

Das hatte Joey gerade noch gefehlt. Gesellschaft. Sie legte ihren Kopf zurück, schloß die Augen und tat so, als wäre sie ganz allein in einem dunklen, warmen Raum.

Jen kletterte zu ihnen ins Becken und machte Joeys Traum

sogleich zunichte. »Keine Verabredung heute?« fragte sie spitz.

Joey öffnete die Augen und schüttelte den Kopf. »Jean-Pierre war zu erschöpft von dem Rennen, und Stinky hat Spätschicht beim Rettungsdienst.«

Jen nickte.

»Einmal hat sie zu viele und dann wieder gar keinen«, meinte Dawson abschätzig.

Joey ignorierte ihn einfach. Außerdem hatte sie keine Lust zum Reden. Sie schloß wieder die Augen und wünschte, sie wäre allein.

Eine ganze Weile saßen die drei schweigend da. Es wurde allmählich heiß in dem Becken, und Joey fühlte sich leicht benebelt. Aber sie hatte keine Lust, sich zu bewegen.

Sie war schon fast ganz in ihrer Traumwelt versunken, als Dawson sich wieder zu Wort meldete. »Wer wird denn der glückliche Gewinner sein? Wirst du dich für einen entscheiden oder morgen alle beide abblitzen lassen?«

Joey öffnete die Augen und sah Dawson unverwandt an.

Was hatte er nur für ein Problem? »Ich glaube, das geht dich überhaupt nichts an«, entgegnete sie knapp.

»Sorry«, sagte Dawson sarkastisch. »Du hast recht. Wenn du Leute für deine Zwecke benutzen willst, ist das deine Sache. Nichts läge mir ferner, als dich daran zu erinnern, daß es sich um menschliche Wesen handelt. Mit Gefühlen. Auch wenn es Männer sind.«

Joey starrte Dawson nur an und brach dann in schallendes Gelächter aus. Der Gedanke, Stinky oder Jean-Pierre könnten empfindsame Wesen sein, war mehr als komisch.

Jen stand auf und kletterte aus dem Becken. »Ich habe keine Lust auf Zankereien«, sagte sie. Sie wickelte sich in ein Handtuch. »Dawson, warum entspannst du dich nicht einfach. Laß Joey ihr Leben leben. Gib es doch endlich auf, sie zurückzuwollen.«

Joey konnte nicht glauben, daß Jen sie verteidigte, besonders, nachdem sie die ganze Zeit nur beleidigt und eifersüchtig gewesen war. Als Jen den Raum verlassen hatte, beschloß Joey, ebenfalls zu gehen. Sie wollte sich einfach nur ausruhen, und mit Dawson hier sitzen zu bleiben, führte höchstens zu weiteren Streitereien.

Als sie aufstand, hielt Dawson sie am Handgelenk fest. »Warte«, sagte er sanft. »Sie hat recht. Ich hatte irgendwie gehofft, daß du nach diesem Wochenende wieder in meine Arme gerannt kommst. Ich habe kleine Szenen inszeniert, um dich eifersüchtig zu machen, und für das Rennen morgen habe ich mich nur angemeldet, um dir zu imponieren. Ich habe geglaubt, ich könnte deine Gefühle beeinflussen. Mir ist jetzt klar, daß das ein Irrtum war – und es tut mir leid, daß ich mich zum Narren gemacht habe.«

Joey setzte sich wieder hin. Zum ersten Mal an diesem ganzen Wochenende hatte sie den Eindruck, daß Dawson ehrlich zu ihr war. »Na ja«, sagte sie. »Ich muß zugeben, ein bißchen hat es schon funktioniert. Ich war etwas... überrascht, daß du und Jen auf einmal wieder so dicke wart. Jedenfalls finde ich es schmeichelhaft, daß du dich nur meinetwegen zu diesem Rennen angemeldet hast.« Sie fing wieder an zu lachen. »Eigentlich eher amüsant als schmeichelhaft.«

Joey kam der Gedanke, daß Dawson nicht der einzige war, der Spielchen spielte. Hatte sie es nicht mit Jean-Pierre und Stinky nur deshalb ausgehalten, um Jen – und Dawson – eifersüchtig zu machen? Auch sie, Joey, versuchte die Dinge in eine bestimmte Richtung zu lenken.

Plötzlich wurde ihr der Unterschied zwischen Dawson und Typen wie Jean-Pierre oder Stinky klar. Dawson war an ihr als Mensch interessiert. Jean-Pierre und Stinky dagegen interessierten sich für das, was sie fühlte und dachte, herzlich wenig. Joey fing an zu kichern. Von dem vielen Dampf fühlte sie sich ganz benebelt.

Dawson machte Anstalten, das Becken zu verlassen. »Ich sollte mich bei Jen entschuldigen. Das ist immerhin ihre Hütte, und wir haben sie aus ihrem eigenen Bad vertrieben.«

»Warte!« sagte Joey eilig. Plötzlich verspürte sie den unwiderstehlichen Drang, Dawson zu küssen, eben weil er so war, wie er war, und nicht wie die anderen Typen.

Sie überlegte nicht lange, sondern glitt hinüber und drückte ihren Mund auf seine Lippen. Dawson reagierte sofort und umarmte sie leidenschaftlich.

Joey fühlte sich wie im Himmel; die Dampfschwaden um sie herum sahen aus wie Wolken. Dawson zu küssen fühlte sich paradiesisch an.

Aber da zog erneut ein kalter Luftzug durch den Raum, als Jen die Tür öffnete. »Ich hoffe, ihr seid jetzt mit dem Streiten fertig«, meinte sie.

Joey und Dawson fuhren überrascht auseinander.

Jens schockierter Gesichtsausdruck ließ Joey aus ihren Träumen aufschrecken.

Was um alles in der Welt hatte sie gerade getan?

Jen schloß die Tür und ging wie betäubt hinauf in ihr Zimmer. Warum waren Männer nur solche Schwerenöter? Wie konnte Dawson sie an einem Abend küssen und Joey gleich am nächsten? Gab es einen einzigen Mann, dem die Gefühle einer Frau etwas bedeuteten?

Sie war nicht so sehr bestürzt darüber, daß die beiden sich geküßt hatten. Irgendwie freute sie sich sogar, denn sie wußte ja, daß sich Dawson das ganze Wochenende danach gesehnt hatte.

Viel mehr betrübte sie die Tatsache, daß sie wieder an ihren Vater und seine Affäre erinnert wurde, ein Thema, das sie den ganzen Tag erfolgreich verdrängt hatte. Dawsons Verwirrung schien so menschlich zu sein. Sie fragte sich, ob es ihrem Dad wohl genauso erging.

Aber Dawson war immerhin noch ein Teenager – und ihr Vater ein gestandener Mann. Mittlerweile mußte er doch wissen, was er wollte. Die Aussicht, ihre Eltern könnten sich scheiden lassen, schmerzte sie sehr. Aber dennoch war sie der Meinung, daß sie sich trennen sollten, wenn sie sich schon in einer Situation befanden, die für beide nicht mehr akzeptabel war. Liebe kann man schließlich nicht erzwingen, dachte sie.

Was für Probleme! Meistens wußte sie selbst ja auch nicht, was sie wollte. Einmal wollte sie Dawson zurück. Am nächsten Tag war er ihr schon wieder egal. Jen wurde klar, daß das nichts mit Dawson zu tun hatte, sondern ausschließlich mit ihr selbst.

Sie beschloß, mit ihrem Vater zu reden, sobald die Eltern aus England zurück waren. Sie wollte die ganze Wahrheit erfahren und so verständnisvoll wie möglich sein.

Es klopfte an der Tür. »Herein«, sagte sie. Vermutlich war es Dawson.

Sie hatte recht.

»Ich weiß nicht, was ich sagen soll«, meinte Dawson und setzte sich aufs Bett. »Du hattest recht. Ich habe dich benutzt, um Joey zurückzugewinnen. Aber den Kuß vor dem Kamin habe ich nicht inszeniert. Und ich hätte Joey jetzt gerade nicht küssen sollen...«

»Mach dir darüber keine Gedanken«, sagte Jen und legte einen Arm auf seine Schulter. »Du hast gar keine andere Wahl, du und Joey, ihr gehört zusammen. Ich weiß nicht, ob sie es je begreifen wird, aber du mußt dein Möglichstes tun.« Sie atmete tief durch, und ein großer Stein fiel ihr vom Herzen. »Mir tut es leid, daß ich dir widersprüchliche Signale gegeben habe. Ich bin auch total durcheinander. Aber ich möchte gerne, daß wir gute Freunde bleiben, okay?«

Dawson lächelte dankbar und umarmte Jen erleichtert. »Das klingt großartig. Gerade jetzt brauche ich nämlich einen Freund«, sagte er.

»Du solltest wieder runtergehen«, sagte Jen und schlug ihm auf die Schulter. »Nach einem solchen Kuß bist du hoffentlich nicht gleich aus dem Becken gehüpft und hast sie da sitzenlassen.«

Dawson nickte. »Genau das habe ich getan. Aber sie sah so verstört aus – so als hätte sie gar nicht gemerkt, daß ich es war, der sie geküßt hat –, und da habe ich sie lieber allein gelassen.«

»Weißt du, was ich dir rate, Dawson?« meinte Jen. »Laß die Dinge eine Weile auf sich beruhen. Gib Joey einfach Zeit, sich darüber klarzuwerden, wo sie steht und wer die ganze Zeit für sie da war. Ich glaube, morgen wird sie ohne große Skrupel diese beiden Typen abservieren. Setz sie nur nicht unter Druck.«

Dawson nickte. »Danke, mein Freund!«

Jen lächelte. Und in diesem Moment hatte sie das Gefühl, daß es nichts Schöneres auf der Welt gab, als jemandem ein guter Freund zu sein.

Pacey kreuzte erst spät wieder in der Hütte auf und fand Dawson, Jen und Joey lesend vor dem Kamin im Wohnzimmer. Was hatte er für einen tollen Abend erlebt! Er wollte seinen Freunden alles erzählen.

»'n Abend, Leute«, sagte er fröhlich, setzte sich auf den Teppich und stocherte mit dem Schürhaken im Feuer. »Wie war euer Abend?«

Ihm war, als tauschten die drei merkwürdige, amüsierte Blicke. Endlich sagte Dawson: »Schön. Und wie war's bei dir?«

»Phantastisch!« sagte Pacey, und all die Gefühle des Abends stiegen wieder in ihm auf. »Jen, ich bin dir was schuldig. War ein guter Tip mit dem Baumhaus. Sie war ganz begeistert!«

»Prima«, sagte Jen und gähnte. »Stets zu Diensten.«

»Verbringst du den Tag morgen mit Kyra?« fragte Joey und sah von ihrer Zeitschrift auf.

Pacey nickte und warf noch einen Holzscheit aufs Feuer.

»Vergeßt bloß nicht das Rennen! Bring Kyra mit! Ich kann jede Unterstützung brauchen«, ermahnte ihn Dawson.

»Du willst wirklich mitmachen?« fragte Pacey ungläubig.

»Ja«, antwortete Dawson. »Jetzt muß ich. Ich habe mich angemeldet und alles.«

Joey lächelte Dawson anerkennend an. »Du kannst dich darauf verlassen, daß wir dich alle anfeuern.«

Nach Joeys ermunternden Worten schwebte Dawson vermutlich auf Wolke sieben. Pacey hoffte nur, das Rennen würde sich nicht als komplette Demütigung für ihn erweisen. Aber er wollte sich nun wirklich keine Gedanken um Dawson und seine Liebesprobleme machen – er hatte selbst genug um die Ohren. Sein Gehirn arbeitete fieberhaft...

»Es fällt dir bestimmt schwer, dich morgen von Kyra zu verabschieden«, sagte Jen liebevoll und unterbrach Paceys Gedankenfluß.

Er tauchte aus seiner Traumwelt auf. »Eigentlich nicht«, sagte er.

»Was?« fragte Joey und klappte ihre Zeitschrift zu. »Du bist doch ganz verrückt nach ihr. Es steht dir geradezu ins Gesicht geschrieben!«

Pacey nickte und hob die Hände. »Ich habe keine Angst, mich zu verabschieden, weil ich mich gar nicht verabschieden werde – so ist das. Ich habe den ganzen Abend darüber nachgedacht, und ich hoffe, es klappt. Ich habe ihr noch nichts davon gesagt, erst morgen. Ich brauche nur noch einige Informationen...«

»Hey!« rief Dawson. »Warte mal. Ich verstehe kein Wort. Wovon redest du?«

Pacey holte tief Luft. »Okay, dann von Anfang an. Heute, in diesem sagenhaften Restaurant, habe ich ein Schild im Fenster gesehen: ›Aushilfe gesucht‹. Ich habe kurz mit dem Inhaber gesprochen, als Kyra zur Toilette gegangen war, und herausgefunden, daß sie gar nicht schlecht zahlen. Und die Trinkgelder sollen auch nicht von Pappe sein.«

Pacey sah kurz in die schockierten Gesichter seiner Freunde, dann fuhr er fort: »Also habe ich nachgedacht. Warum soll es überhaupt einen Abschied geben. Warum nicht viel eher einen Neubeginn. Ich könnte hierherziehen und würde endlich von meiner Familie wegkommen, die sich sowieso keinen Deut um mich schert. Und ich wäre bei Kyra. Ich werde morgen früh in der Zeitung nach einer billigen Wohnung suchen...«

»Moment!« unterbrach Dawson wieder. »Und was ist mit der Schule? Was ist mit dem Videoladen? Und was ist mit uns?«

Pacey merkte, daß Dawson ziemlich aufgeregt war. Jen und Joey dagegen schienen total erschüttert. »Ich glaube, die Schule kommt ganz gut auch ohne mich aus. Dasselbe gilt für den Videoladen. Nach einer Weile könnte ich mich hier in der Schule anmelden und abends arbeiten.«

»Und während du das nötige Kleingeld verdienst, hast du überhaupt keine Zeit mehr für Kyra«, fügte Joey hinzu.

Pacey wurde allmählich sauer. Er teilte seinen Freunden die glücklichsten Nachrichten seines Lebens mit, und sie schienen sich nicht im geringsten für ihn zu freuen. »Ich kann es schaffen«, sagte er bestimmt. »Denn ich weiß wofür ich's tu: Ein neues Leben, mit einem Mädchen, von dem ich immer geträumt habe.«

»Du bist erst sechzehn«, sagte Dawson. »Und du hast noch nicht alle meine Fragen beantwortet. Was ist mit uns?«

»Ich fahre euch nach Hause, packe meine Sachen und komme mit dem Bus wieder hierher«, antwortete Pacey. »Macht euch darüber keine Gedanken.«

Dawson schüttelte ungeduldig den Kopf. »Nein, Kumpel, ich meine, was ist mit *uns*? Du kennst doch hier niemanden. Und da willst du deine besten Freunde einfach so zurücklassen?«

Pacey war gerührt, daß Dawson ihn tatsächlich vermissen würde. Nicht vielen Leuten in Capeside würde es so ergehen. »Hey, Dawson«, sagte Pacey und klopfte seinem Freund tröstend auf die Schulter. »Wir wären nur ein paar Stunden auseinander. Ich komme zu Besuch, du kommst zu Besuch. Das ist doch kein Problem!«

»Was ist mit Kyra?« fragte Joey. »Findet sie das gut? Oder ihr Vater?«

»Kyra weiß noch nichts davon«, gab Pacey zu. »Aber ich sage es ihr morgen. Ich werde erst alle Einzelheiten klären und sie dann überraschen.«

Seinen drei Freunden hatte es endgültig die Sprache verschlagen. Typisch, dachte Pacey, daß sie wieder mal überhaupt kein Vertrauen in ihn hatten. Warum sollten sie da auch anders sein als alle anderen?

Sie waren einfach noch zu unreif, hatten Angst, den sicheren Heimathafen zu verlassen, egal, wie gut oder schlecht es ihnen dort ging. Aber Pacey wollte nicht in dieser Falle hockenbleiben. Er würde ausbrechen, und zwar in allernächster Zukunft.

16

»Stinky!« rief Joey überrascht aus, als sie ihn am nächsten Vormittag in der Zuschauermenge entdeckte. Sie und die anderen waren früh zum Skifahren aufgebrochen und warteten jetzt auf den Beginn des Amateurrennens. Nach dem Lunch würden sie dann zurück in die Hütte gehen, packen und losfahren.

Das wurde auch höchste Zeit, dachte Joey. Sie wollte nach Hause und ihr Leben als normale Joey Potter wiederaufnehmen. Es war anstrengend, ein Männermagnet zu sein. »Was machst du hier?« fragte sie Stinky.

»Ich habe heute morgen frei, weil ich gestern bis spät in die Nacht gearbeitet habe«, sagte er, lächelte entwaffnend und zeigte seine traumhaften Grübchen. »Wo sonst sollte ich also an deinem letzten Tag sein wenn nicht an deiner Seite!« Er beugte sich vor und küßte sie auf die Wange.

Na prima, dachte Joey, die lieber einen friedlichen Tag ganz mit sich allein verbracht hätte. Männer – welch eine Plage!

»Oh! Bonjour!« rief Jen laut. Joey sah sich in der Zuschauermenge um. Jen warf ihr einen verschwörerischen Blick zu und verwickelte Jean-Pierre in ein Gespräch. Dabei achtete sie darauf, daß er Joey möglichst nicht sehen konnte.

Noch so eine Landplage, dachte Joey. Sie war dankbar, daß Jen ihr aus der Patsche half und daß Jean-Pierre sie noch nicht gesehen hatte. Joey wollte am liebsten vor beiden Kerlen Reißaus nehmen – nur wie?

Genau in diesem Moment ergriff Stinky Joeys Hand und legte sie auf sein Herz. »Ich möchte mich bei dir für die gute Bewertung bedanken, und du sollst wissen, daß ich dich sehr vermissen werde«, verkündete er. »Ich werde nicht eher ruhen, bis du nach Steep Mountain zurückkommst.«

Wie dramatisch, dachte Joey und versuchte nach Leibeskräften, ein Lachen zu unterdrücken. Er hatte ja immer nur von sich selbst geredet und sich gar nicht erst die Mühe gemacht, sie kennzulernen. Wie sollte er sie da vermissen?

»Das ist aber lieb von dir«, sagte Joey und überlegte, wie sie ihre Hand aus seinem Griff befreien konnte. Jen versuchte zwar, weiter Zeit zu schinden, indem sie immer noch auf Jean-Pierre einredete, aber binnen Sekunden konnte das Blatt sich auch schon wenden. »Au, da piekt mich etwas«, sagte sie und entwand ihm ihre Hand.

»Laß doch mal sehen«, sagte Stinky und zog Joey an sich.

»Qu'est que c'est?« hörte sie auf einmal hinter sich. »Was ist hier los? Joey? Was ist das für eine Krake, die da ihre Tentakeln um dich geschlungen hat?«

Stinky ließ seine Arme fallen. »Wer zum Teufel bist du?« fragte er, ging auf Jean-Pierre zu und sah ihm drohend in die Augen.

»Ich bin ihr Freund, und sie ist meine Freundin«, sagte Jean-Pierre ungerührt.

»Wovon redest du eigentlich? Ich bin mit ihr seit Samstag zusammen«, erwiderte Stinky.

Beide sahen Joey fragend an, doch die zuckte nur mit den Schultern. Ihrer Ansicht nach war keiner der beiden ihr Freund – weder Jean-Pierre, der Mädchen nur zum Anfeuern brauchte, noch Stinky, der dachte, es wäre ein Vergnügen für sie, ihm bis zum Abwinken zuzuhören.

»Ah!« rief Jean-Pierre aus und warf theatralisch die

Hände in die Luft. »Ich hätte es wissen sollen! Die Amerikanerinnen sind alle Flittchen!«

»Mich betrügt niemand!« grollte Stinky.

Joey mußte lachen über die Posse, die sich da vor ihren Augen abspielte. Sie freute sich, daß es ihr gelungen war, den beiden eine kleine Lektion über das wahre Leben erteilt zu haben.

Jean-Pierre und Stinky starrten Joey verwirrt an, die immer nur weiter lachte. Sie konnte einfach nicht mehr aufhören.

»Also, Kumpel, ich hau' ab hier. Kann ich dich in den Pub einladen?« fragte Stinky.

Jean-Pierre zuckte mit den Schultern. »Sicher, warum nicht. Vielleicht gibt es da ein paar heiße Mädels.«

Ohne ein weiteres Wort trollten sich Joeys Wochenend-Krieger, um den soeben geschlossenen Frieden bei einem Glas zu Bier besiegeln.

»Wow!« sagte Jen erstaunt. »Das war... äh... Ich weiß gar nicht, wie ich diese Szene beschreiben soll«, meinte sie und lachte.

Joey holte tief Luft. »Wie wäre es mit surreal? Absurd? Unglaublich?«

Jen nickte. »Ja, genau«, stimmte sie zu. »Ich würde auch noch grotesk und lächerlich hinzufügen.«

Die Mädchen wandten ihre Aufmerksamkeit dem Rennen zu, als über Lautsprecher der Start verkündet wurde. Das erste Rennen war der Amateur-Snowboard-Slalom – Dawsons Disziplin.

»Wünscht mir Glück!« Dawson glitt an ihnen vorbei, um mit dem Sessellift zum Start zu fahren. »Ich bin als dritter an der Reihe.«

»Viel Glück!« sagte Jen.

»Ja«, fügte Joey hinzu. »Und, Dawson... Ich bin stolz auf dich. Du bist kein Couch potato!«

Ein breites Grinsen zeigte sich auf Dawsons Gesicht. »Danke, Joey!« rief er.

Der erste Teilnehmer flitzte den Berg hinunter, aber Joey widmete ihm keine besondere Aufmerksamkeit. Sie fragte sich, wo Pacey und Kyra wohl steckten. Pacey hatte versprochen, rechtzeitig da zu sein, aber die beiden waren weit und breit nicht in Sicht. Vermutlich verkündete er Kyra wohl gerade seine Neuigkeiten.

Endlich hatte Pacey einen freien Tisch in der Cafeteria entdeckt. Mit Kyra im Schlepptau eilte er auf ihn zu, stellte das Tablett mit zwei Tassen heißer Schokolade ab und zog einen Stuhl für Kyra heraus. Er setzte sich ihr gegenüber.

»Was hast du für tolle Nachrichten?« fragte Kyra aufgeregt. »Sag es mir, sonst platze ich noch vor Neugier!«

Pacey holte tief Luft. Auch er fühlte sich, als würde er gleich platzen, vor Aufregung allerdings. »Okay«, sagte er. »Ich wollte dir sagen, daß ich mich heute nicht von dir verabschieden werde.«

Kyra sah ihn erfreut an. »Du meinst, du bleibst noch einen Tag länger? Klasse! Ich muß zwar morgen wieder in die Schule...«

Pacey schüttelte den Kopf. »Nein, so war das nicht gemeint. Ich verabschiede mich nicht, weil ich gar nicht fortgehe. Ich werde hierher umziehen, an den Steep Mountain.«

Kyra sah ihn verblüfft an. »Was? Deine Familie zieht hierher? Ich hatte keine Ahnung...«

»Meine Familie erspare ich dir«, unterbrach Pacey sie und nahm ihre Hand. »Nur ich allein. Ich ziehe hierher um. Ich fahre meine Freunde zurück nach Capeside, packe meinen Kram und komme mit dem nächstbesten Bus wieder zurück.«

Nun war Kyra völlig geplättet. »Was? Warum solltest du das tun?«

Pacey war einigermaßen betroffen. So hatte er sich ihre Reaktion ganz gewiß nicht vorgestellt. »Für uns«, sagte er und spürte, wie sein Magen sich nervös zusammenzog. »Findest du die Idee nicht gut?«

Kyra sah aus wie ein verschrecktes Reh im Scheinwerferlicht. »Also, das ist sehr rührend, aber...«

»Aber was?« fragte Pacey verletzt. Er hatte gedacht, sie würde vor Freude Luftsprünge machen und ihn mit Küssen nur so überhäufen. Was war nur mit ihr los?

»Was ist mit der Schule zum Beispiel? Und wo willst du wohnen? Dad würde dich nie bei uns wohnen lassen. Und, und, und...«

Also machte sie sich Sorgen um den organisatorischen Kram. Das hatte Pacey erwartet. »Ist schon alles in Arbeit. Ich werde mich im Baumhaus für einen Abendjob bewerben, und in der Zeitung werden viele Tagesjobs angeboten, die ich machen könnte. Zum Beispiel wird in Kürze ein neuer Lebensmittelladen eröffnet. Ich werde zwei Jobs machen, bis ich die ersten paar Mieten zusammenhabe, und dann melde ich mich wieder in der Schule an, wenn es dir so wichtig ist. Aber erwarte nicht, daß ich einen Abschluß mit Auszeichnung mache, ich bin kein guter Schüler.«

Kyra schüttelte den Kopf und löste ihre Hand aus Paceys Umklammerung. »So was Albernes habe ich ja noch nie gehört! Was ist mit deiner Familie? Was ist mit deinen Freunden? Du willst sie alle verlassen, um bei mir zu sein?«

»Meine Familie würde in einem Psychologie-Lehrbuch unter der Rubrik ›abschreckendes Beispiel‹ rangieren«, antwortete Pacey. »Ich werde sie nicht vermissen, und ich glaube, sie mich auch nicht. Meine Freunde werde ich vermissen, doch es sind ja nur ein paar Stunden Fahrt...«

»Aber du bist zu jung – wir sind zu jung. Du kennst mich

doch kaum«, sagte Kyra aufgeregt. »Es tut mir leid, Pacey, aber ich halte das für keine gute Idee.«

Kyra hätte ihm genausogut ein Messer ins Herz stoßen und ein paarmal rumdrehen können, dachte Pacey. Er konnte gar nicht glauben, daß sie ihn nicht bei sich haben wollte. Was habe ich nur an mir, daß jeder, der mich kennenlernt, nur schnell wieder die Flucht ergreift, grübelte er. »Also haben dir diese letzten Tage nichts bedeutet?« fragte er traurig. »Nicht das Geringste? Oder passiert dir so was alle Tage?«

Kyra wurde wieder sanft und nahm Paceys Hand. »Sieh mal, Pacey. Die Zeit mit dir war sehr schön. Du bist mit Abstand der netteste Junge, den ich je kennengelernt habe«, sagte sie zärtlich. »Aber ich will nicht dafür verantwortlich sein, daß du dein ganzes Leben umkrempelst. Wenn du die Schule schmeißt und statt dessen Tag und Nacht nur noch arbeitest, wirst du eines Tages das Gefühl haben, daß du etwas verpaßt hast.« Sie schüttelte den Kopf. »Ich will nicht, daß du dein Leben meinetwegen ruinierst und unglücklich wirst.«

»Aber ich werde nicht unglücklich sein«, sagte Pacey beharrlich. »Wenn ich bei dir sein kann, bin ich glücklich. Sonst brauche ich nichts.«

»Tu es nicht, Pacey«, sagte Kyra bestimmt und stand auf. »Fahr zurück nach Capeside, wo du hingehörst. Ich will nicht, daß du hierherziehst.«

»Warte! Geh noch nicht!« rief Pacey ihr hinterher, als sie wegging. Seine schönen Träume hatten sich in einen absoluten Alptraum verwandelt. Was war nur in Kyra gefahren? Warum war sie einfach aufgestanden und weggegangen?

Pacey setzte sich wieder und stützte den Kopf auf die Hände. Er war am Boden zerstört. Noch vor ein paar Minuten hatte er ein ganz neues Leben vor sich gesehen. Und nun hatten sich all seine Pläne in Luft aufgelöst.

Zwei wunderbare Tage lang war sich Pacey wie ein Sieger vorgekommen. Er hatte sich attraktiv gefühlt – und begehrenswert. Er war witzig und schlagfertig gewesen.

Aber den Verlierer in sich hatte er wohl doch nicht so ganz verbergen können, und Kyra hatte ihn gleich durchschaut. Sie wollte keine unnötige Zeit mehr an einen Loser verschwenden, vermutete Pacey. Wer konnte ihr das verdenken!

Und nun war er allein. Allein in der Cafeteria mit zwei Tassen kaltem Kakao und einem gebrochenen Herzen.

17

»Du kommst gerade rechtzeitig, um Dawson zu sehen«, sagte Jen, als Pacey neben ihr und Joey auftauchte. »Fast hättest du ihn verpaßt.«

»Ja, also, jetzt bin ich ja da«, murmelte Pacey.

Jen merkte sofort, daß etwas nicht stimmte. Das war nicht mehr der vor Glück strahlende Pacey, der das ganze Wochenende über auf Wolken geschwebt war.

»Wo ist Kyra?« fragte Joey arglos. Ihr war Paceys Niedergeschlagenheit gar nicht aufgefallen.

»Ich weiß nicht«, antwortete Pacey.

»Was? Du hast doch in den vergangenen Tagen förmlich an ihr geklebt. Wie kommt es, daß du nicht weißt, wo sie ist?« fragte Joey.

»Nun ja, ich wurde wie ein unliebsamer Leberfleck sozusagen chirurgisch entfernt. Sie will nicht, daß ich hierherziehe«, antwortete er traurig.

Jen tat es sehr leid für Pacey, aber sie hatte geahnt, daß es so kommen mußte. Auch Joey empfand Mitleid für ihn. Sie hätte die Gelegenheit nutzen können, ihm zu verdeutlichen, was für eine blöde Idee das Ganze überhaupt gewesen war, aber wie Jen verlor sie kein Wort darüber. Sein ganzer Plan war lächerlich gewesen, und er hatte es – blind vor Liebe – nicht erkannt.

»Dawson fährt jetzt los«, sagte Joey und zeigt auf den Start.

Jen sah den Berg hinauf, wo Dawson in Abfahrtsstellung bereitstand. Der Startschuß knallte, und er stieß sich kräftig ab.

Dawson kam gut in Fahrt und umfuhr das erste Fähnchen in einem etwas zu großen Bogen, aber für einen Amateur immer noch eng genug. Er ging in die Knie und beschleunigte, um in Windeseile ein Hindernis nach dem anderen zu nehmen und mit jedem Mal besser zu werden.

»Los, Dawson!« feuerte Joey ihn an.

»Er ist viel zu schnell!« sagte Pacey besorgt. »Er wird die Kontrolle verlieren!«

Dawson sauste den Hang hinunter und versuchte, jedes Tor zu erwischen. An einem fuhr er jetzt vorbei, erwischte dafür das nächste wieder und fuhr dann das folgende platt.

»Seht ihr! Jetzt kriegt er Probleme!« warnte Pacey. »Ich kann gar nicht hinsehen.«

Schon das nächste Tor brachte Dawson zu Fall, und er kugelte Hals über Kopf den restlichen Hang hinunter.

Jen hielt die Luft an und schlug sich die Hände vors Gesicht. Dawson rollte immer noch abwärts.

»Er hatte ja keine Ahnung, worauf er sich da eingelassen hat«, jammerte Pacey und sah Joey vorwurfsvoll an. »Wenn du ihn nicht Couch potato genannt hättest, wäre er gar nicht erst auf die Idee gekommen«, sagte er. »Ihr Frauen...« Er schüttelte mitleidig den Kopf. »Ihr ändert im Nu eure Meinung. Ihr seid alle gleich!«

Joey sah ihn an. »Erinnerst du dich noch an den Skistiefel Größe fünfundvierzig?« fragte sie. »Den kannst du dir jetzt reinschieben!«

»Hört endlich auf! Dawson ist verletzt«, rief Jen, als sie sah, wie er flach auf dem Rücken liegend ins Ziel gerutscht kam.

Jen, Joey und Pacey rannten hinter dem Erste-Hilfe-Team her.

»Dawson!« rief Joey und ließ sich neben ihn fallen. »Bist du in Ordnung?«

Jen spähte über Joeys Schulter. Gott sei Dank atmete Dawson und war bei Bewußtsein.

»Lebe ich noch?« krächzte er und versuchte, sich aufzurichten.

»Noch nicht bewegen, mein Sohn«, sagte einer der Sanitäter. »Du bist noch völlig außer Atem.«

Jen beobachtete, wie Dawsons schnelle Atemzüge allmählich wieder länger, langsamer und tiefer wurden. Mit einem Blick über ihre Schulter stellte sie fest, daß hinter ihnen eine Menschenmenge zusammengelaufen war.

»Okay«, sagte der Sanitäter. »Jetzt mal ganz langsam aufsetzen!«

Dawson hob vorsichtig seinen Oberkörper und stützte sich auf eine Hand. Als er auch die andere auf den Boden setzte, schrie er schmerzerfüllt auf. »Au!«

»Wo genau tut's weh?« fragte der Sanitäter.

»Das Handgelenk«, antwortete Dawson.

»Okay, wir helfen dir jetzt auf«, sagte der andere Sanitäter. »Du darfst das Gelenk nicht belasten.«

Ganz langsam stand Dawson auf. Alles andere schien in Ordnung zu sein. Er war mit dem Kopf nicht allzuhart aufgeschlagen, und er hatte sich anscheinend auch nichts gebrochen.

»Komm mit in die Erste-Hilfe-Station, da sehen wir uns das Handgelenk mal an«, forderte der Sanitäter ihn auf.

Die Freunde folgten ihnen hinunter zur Skistation. Dawson sprach auf dem ganzen Weg nicht ein Wort. Jen vermutete, daß das Ganze ihm total peinlich war.

Jen, Joey und Pacey mußten draußen warten, während ein Arzt Dawson untersuchte. Jen sah auf die Uhr. Sie sollten sich bald auf die Reise machen, wenn sie noch vor Sonnenuntergang in Capeside sein wollten.

»Was wir Männer im Namen der Liebe nicht alles für verrückte Sachen machen«, sagte Pacey melancholisch.

Joey versteckte ihr Gesicht hinter einer Zeitung und ignorierte Paceys Kommentar. Da kam Dawson auch schon aus dem Behandlungsraum.

Er trug einen Stützverband um das Handgelenk. »Verstaucht«, erklärte er den dreien. »Also«, fuhr er fort, »wer will mir als erster sagen, wie lächerlich ich mich gemacht habe?«

»Da bist du nicht der einzige, Kumpel«, sagte Pacey, stand auf und klopfte Dawson auf die Schulter.

Jen und Joey sagten keinen Ton.

Dawson fühlte sich wie ein Idiot allererster Güteklasse, als sie in die Hütte zurückfuhren. Seinen Eltern den Verband zu erklären würde kein Vergnügen sein, aber er hoffte, mit ein paar Ermahnungen und einer Lektion über Sicherheitsmaßnahmen beim Skifahren davonzukommen.

Er packte seine Sachen und freute sich irgendwie auf zu Hause, schließlich war das Wochenende nicht ganz nach Plan verlaufen.

Da klopfte es an der Tür. »Ja«, sagte Dawson.

Joey kam herein und setzte sich in den Holzschaukelstuhl am Fenster. »Es war dumm von dir, ohne Vorbereitung in das Rennen zu gehen«, sagte sie. »Außerdem hättest du es gar nicht nötig gehabt, mich mit waghalsigen Unternehmungen zu beeindrucken. Der Kuß gestern abend war beeindruckend genug.«

Dawson hatte seine Tasche mit dem unverletzten Arm hochgehoben und ließ sie bei Joeys Bemerkung fast fallen. Sie waren sich seit dem Vorfall im heißen Bad ziemlich aus dem Weg gegangen. Er war froh, daß sie das Schweigen nun brach, und er war glücklich, daß sie den Kuß ›beeindruckend‹ gefunden hatte.

»Wirklich?« fragte Dawson ungläubig.

»Ja«, bestätigte Joey und schob sich eine ihrer kastanienbraunen Haarsträhnen hinters Ohr. »Mir fehlen deine Küsse«, fuhr sie fort. »Und als ich mit diesen beiden Typen zusammen war, wurde mir klar, was für ein toller Kerl du doch bist.«

Dawson grinste über das ganze Gesicht. »Du meinst...«

Joey schüttelte den Kopf. »Nein. Ich will immer noch nicht zu dir zurück. Aber du sollst wissen, daß ich kein Eisberg bin. Ich habe auch Gefühle – sehr viele sogar. Aber ich will zur Zeit mit niemandem zusammensein.«

Dawson machte ein langes Gesicht. »Okay«, flüsterte er.

»Bitte erspar dir weitere Mühen, Dawson, sonst landest du eines Tages noch im Krankenhaus. Laß uns statt dessen an unserer Freundschaft arbeiten und sie weiter festigen«, sagte sie sanft.

»Okay«, antwortete Dawson, obwohl er in seinem tiefsten Innern gar nicht einverstanden war. Er wollte Joey mehr denn je zurück, und er wußte nicht, ob diese Sehnsucht nach ihr jemals vorbeigehen würde.

Aber er wollte unbedingt in ihrer Nähe sein. Und ihr Freund zu sein war besser als gar nichts.

»Ich muß zu Ende packen«, sagte Joey. »Sicher«, entgegnete Dawson. Als die Tür hinter ihr ins Schloß fiel, setzte er sich aufs Bett. Kaum, daß er sich Hoffnungen gemacht hatte, waren sie auch schon wieder zerstört.

Er war die ewigen Enttäuschungen satt, und er war es satt, ständig Trübsal zu blasen.

Als er auf die Tür zuging, blieb er vor dem Spiegel stehen. »Leery, du mußt zäher werden«, sagte er zu sich selbst. Er hatte keine Lust mehr, jung und verliebt zu sein.

Er wünschte nur, das wäre leichter getan als gesagt.

Als Jen die Treppe herunterkam, um ihre Sachen ins Auto zu laden, klingelte das Telefon. Sie fragte sich, wer das wohl sein könnte. Wahrscheinlich hatte sich jemand verwählt, vermutete sie, als sie den Hörer abnahm.

»Jennifer?« hörte sie eine Stimme, die ihr wohlbekannt war. Ihr wurde ganz flau. Es war ihre Mutter, ihre arme, nichtsahnende Mutter.

»Hallo, Mom«, antwortete sie. »Wo seid ihr denn?«

»Wir sind immer noch in London. Ich habe auch nicht viel Zeit, aber ich wollte nur anrufen und fragen, ob in der Hütte alles in Ordnung ist und ob es euch gutgeht.«

»Alles bestens«, hätte sie am liebsten geantwortet. »Dad betrügt dich in unserer eigenen Hütte.«

Aber sie riß sich am Riemen. »Alles war prima. Wir haben viel Spaß gehabt.«

»Ihr habt euch aber auch genau das richtige Wochenende ausgesucht, weißt du«, fuhr ihre Mutter fort. »An den anderen Wochenenden wären bestimmt die Martins dagewesen.«

Jen hielt die Luft an. »Wer?« fragte sie, denn sie hatte keine Ahnung, wovon ihre Mutter sprach.

»Die Martins, das frischverheiratete Paar, das die Hütte für den halben Winter gemietet hat. Haben wir dir nicht davon erzählt?«

Jen rang nach Atem. Ihr fiel ein ganzer Felsbrocken vom Herzen. Ein frischverheiratetes Paar? »Du meinst, all der Kram gehört ihnen?« fragte sie. Sie konnte ihr Glück in dem ganzen Durcheinander kaum fassen.

»Ja«, sagte ihre Mutter. »Aber sie sollten nicht zu viel herbeischleppen – doch wohl keine Möbel oder Tiere?«

»Nein, nein«, sagte Jen erleichtert. »Alles ist so, wie es immer war.« Und das meinte sie auch so. Ihre Familie – und die Ehe ihrer Eltern – befand sich also nicht in der Krise.

»Okay, Liebes«, sagte ihre Mutter. »Wir rufen dich bei Großmutter an, wenn wir wieder da sind. Und fahr vorsichtig!«

»Bye, Mom«, sagte Jen. Strahlend hängte sie den Hörer ein.

»Was ist los?« fragte Dawson, als er und Pacey mit ihren Taschen die Treppe herunterkamen.

Jen lief auf Dawson zu und erzählte ihm alles. Er umarmte sie, und sie wünschte, die Probleme seiner Eltern wären auch nur ein Mißverständnis. Aber sie wußte es besser, und sie schätzte Dawson dafür, daß er ihre Erleichterung trotz seiner eigenen Sorgen teilte.

»Laßt uns alles ins Auto laden!« rief Jen, als auch Joey nach unten kam. »Dann werde ich abschließen.«

Sie eilte voraus, hielt aber an, als sie einen rosa Briefumschlag auf dem Flurboden entdeckte. Jemand hatte ihn anscheinend unter der Tür durchgeschoben.

Jen bückte sich. »Pacey« stand in sauberer Schrift darauf.

»Was ist das?« fragte Pacey und sah ihr über die Schulter.

»Für dich«, verkündete Jen und reichte ihm den Umschlag. Sie hatte eine ziemlich genaue Vorstellung, von wem er war.

18

Lieber Pacey,

es tut mir sehr leid, daß wir so auseinandergegangen sind. Also möchte ich mich auf diesem Weg von Dir verabschieden, obwohl ich hoffe, daß es nicht für immer sein wird.

Versteh mich bitte richtig. Ich möchte sehr gern mit Dir zusammensein, aber wenn Du hierherziehst, löst das noch lange nicht Deine Probleme zu Hause. Wie ich Dir bei unserem Gespräch schon sagte, will ich mich nicht verantwortlich dafür fühlen, Dich von deinem Zuhause und Deinen Freunden weggeholt zu haben, wenn Du eines Tages doch Heimweh bekommst und Du feststellst, daß Deine Gefühle für mich sich geändert haben.

Es tut mir leid, daß ich Dich in der Cafeteria habe sitzen lassen, aber in dem Moment schien es mir das einzig Richtige. Hoffentlich hattest Du inzwischen Zeit, darüber nachzudenken, und verstehst, was ich sagen wollte.

Die Wahrheit ist, daß ich so viel Zeit wie möglich mit Dir verbringen möchte, deshalb schreibe ich Dir meine Adresse und Telefonnummer auf. Du kannst mich jederzeit anrufen und besuchen. Ich hoffe, daß Du von Dir hören läßt und mir auch Deine Adresse gibst, damit ich mich bei Dir melden und vielleicht auch einmal im schönen Capeside vorbeikommen kann.

Pacey, die letzten Tage waren die schönsten in meinem Leben! Es hat soviel Spaß gemacht, mit Dir zusammenzusein, und ich finde, Du bist wirklich etwas Besonderes. Ich möchte Dich so gerne wiedersehen. Aber wenn Du sauer bist wegen heute mittag, dann verstehe ich das, obwohl es mich sehr traurig macht.

Bitte melde Dich bei mir. Am Steep Mountain wird es so kalt und einsam sein ohne Deine Wärme und Dein Lächeln.
In Liebe,
Kyra

Pacey las den Brief und stopfte ihn in seine Tasche. »Dann los jetzt! Sind alle fertig?« fragte er.

»Ich muß nur noch einmal kurz die Hütte kontrollieren«, sagte Jen. Sie rannte treppauf, treppab, überprüfte alle Räume, schaltete den Strom ab und nahm den Müll mit hinaus.

Also liebt Kyra mich ebenso wie ich sie, dachte Pacey berauscht. Nun, da er ihren Brief gelesen und seine Gefühle nicht mehr jedes Wort in seiner Bedeutung verdrehten, erkannte er, daß seine Idee mit dem Umzug vielleicht doch ein wenig vorschnell und verrückt gewesen war.

Vielleicht konnten sie eines Tages ja wirklich zusammenkommen. Aber jetzt mußte er sich erst mal auf das Nächstliegende konzentrieren, und das bedeutete in diesem Fall, sich vernünftig von Kyra zu verabschieden.

»Nun los! Beeilt euch!« gab Pacey das Kommando. »Wir müssen noch einen Boxenstop machen. Alle Mann ins Auto!«

»Ist ja schon gut, du liebe Zeit!« sagte Joey und hastete an ihm vorbei aus dem Haus. Sie stellte ihre Tasche in den Kofferraum und öffnete die hintere Tür des Wagens. »Wer hätte gedacht, daß ein kleiner rosa Umschlag deine Laune in Null Komma nichts verändern kann!«

Pacey konnte vor Ungeduld kaum mehr an sich halten. Endlich kam auch Dawson aus der Hütte und setzte sich zu Joey auf den Rücksitz.

»Okay, ich bin schon da!« rief Jen, schloß hinter sich ab, und eilte zu den anderen.

»Endlich!« sagte Pacey, als er die Fahrertür zuschlug. Jen ließ sich auf den Beifahrersitz fallen. Er startete den Motor und fuhr rückwärts aus der engen Einfahrt.

»Langsam, Kumpel!« warnte ihn Dawson von hinten. »Vergiß nicht, wessen Auto und wessen Hintern hier auf dem Spiel stehen.«

»Glaube mir«, sagte Pacey und bog auf den unbefestigten Weg. »Ich will da, wo wir zuerst hinfahren, in einem Stück ankommen.« Er drehte den Wagen. »Danach ist mir alles egal.«

»Großartig«, meinte Joey. »Einfach großartig.«

Pacey war froh, daß er Kyra am vergangenen Abend nach Hause gebracht hatte. Nun kannte er den Weg genau. Er fuhr bis zur Hauptstraße, bog links ab und fuhr an der Pizzeria und der roten Scheune vorbei.

Nach ein paar Minuten waren sie bei einem kleinen grauen Haus angelangt. Pacey parkte den Wagen und sprang aus dem Auto, ohne den Motor abzustellen.

»Kyra!« rief er. »Kyra!« Er lief zur Haustür und klopfte energisch. »Kyra! Bist du zu Hause!«

Die Tür ging auf, und Pacey sah in ein Paar grüne Augen.

»Hallo«, sagte Kyra unsicher.

»Hallo«, erwiderte Pacey, und ihm wurde ganz warm. »Ich habe deinen Brief bekommen. Ich wollte mich gern richtig von dir verabschieden. Aber nicht für immer«, fügte er schnell hinzu.

Kyra lächelte und trat aus der Haustür, während Pacey Papier und Stift aus der Tasche holte. »Ich gebe dir meine Adresse und Telefonnummer«, sagte er und kritzelte eifrig auf den Zettel. »Ich hoffe, du machst auch Gebrauch davon.«

»Ich werde es auswendig lernen«, antwortete sie.

»Also dann«, sagte Pacey und zögerte den Abschied noch etwas hinaus, obwohl er drei Leute im Auto hatte, die ungeduldig auf ihn warteten. Er konnte sich nur schwer von diesen strahlenden grünen Augen losreißen, die er ebensowenig vergessen würde wie ihr strahlendes Lächeln. Und niemals, da war er ganz sicher, würde seine Erinnerung an ihr wunderschönes dunkelrotes Haar verblassen.

»Auf Wiedersehen«, sagte Pacey. Er zog Kyra zärtlich an sich und gab ihr einen gefühlvollen Kuß.

Nach einer Weile rückten sie voneinander ab. »Ich rufe dich sofort an, wenn ich in Capeside angekommen bin«, versprach Pacey.

»Du wirst mir fehlen«, flüsterte Kyra.

Als er Tränen in Kyras Augen aufsteigen sah, mußte er sich schnell umdrehen, denn auch er hatte feuchte Augen bekommen. Pacey winkte ihr noch einmal zu und machte sich auf den Weg zum Auto, wo seine Freunde auf ihn warteten.

Er öffnete die Autotür und kletterte schweren Herzens auf den Fahrersitz. Plötzlich hörte er Beifall, erst von einem Paar Hände, dann von zweien, dann von dreien.

»Gut gemacht, mein Freund«, sagte Dawson.

»Das war schön«, pflichtete ihm Jen bei.

»Très romantique«, stimmte auch Joey zu. »Sie hat wirklich Glück.«

»Meinst du das ehrlich?« fragte Pacey, als er den Wagen auf die Straße fuhr. Er versuchte, nicht in den Rückspiegel zu sehen, in dem Kyra immer kleiner wurde.

»Ja«, antwortete Joey, »großes Glück.«

»Erheb dich, Joey!« rief Bessie. »Wir haben zwar kaum Gäste, aber trotzdem gibt es was zu tun.«

Joey stand von dem Tisch auf, an dem sie mit Dawson, Jen und Pacey gesessen hatte, und ging zu der Durchreiche, um ihre Bestellung abzuholen. Nur ein weiterer Tisch war an diesem Abend im Ice House besetzt. Das ging nun schon so, seit sie vor ein paar Tagen aus Vermont zurückgekommen war.

Als Joey das Tablett zu dem Tisch mit den wartenden Gästen balancierte, dachte sie über das vergangene Wochenende nach. Am Steep Mountain war sie eine begehrte Traumfrau gewesen, das Objekt der Begierde gleich dreier Männer. Zurück in Capeside, war sie einfach nur ein stinknormales Mädchen, das sich in einem miesen Restaurant abrackerte, wo nicht einmal Dawson ihr besonders viel Aufmerksamkeit schenkte. Aber das war auch in Ordnung so, denn genau das hatte ihre Freundschaft wieder verbessert. In den vergangenen Tagen hatte es weder eifersüchtige Blicke noch verletzte Gefühle gegeben. Sie waren einfach nur ungezwungen miteinander umgegangen.

Joey servierte das Essen und fragte die Gäste, ob sie noch etwas trinken wollten, dann ging sie an den Tisch mit ihren Freunden zurück. »Der Alltag hat uns wieder. Irgendwie stinkt mir das ganz schön«, sagte sie und seufzte.

»Was soll ich denn erst sagen«, pflichtete Pacey ihr bei und nahm einen Schluck Soda.

»Wenigstens hast du etwas, worauf du dich freuen kannst«, sagte Jen. Sie nahm sich ein paar Pommes. »Du fährst doch nächstes Wochenende wieder nach Vermont, oder?«

Pacey nickte. »Kyras Vater hat mir ein Zimmer bei den Nachbarn besorgt.«

Joey zog überrascht die Augenbrauen hoch. »Wow! Das ist aber nett von ihnen. Die armen Leute haben ja keine Ahnung, auf was sie sich da einlassen.«

»Ja, es ist wirklich sehr nett von ihnen, und ich habe mir vorgenommen, mich von meiner besten Seite zu zeigen, damit ich wieder eingeladen werde«, sagte Pacey.

Joey konnte es nicht glauben. Statt zu kontern, hatte Pacey ihre Bemerkung einfach ignoriert. Er kam ihr wie ein Wesen vom anderen Stern vor, seit er unter Kyras Liebesbann stand.

»Ich finde das toll, Pacey«, sagte Jen. »So etwas könnte ich im Moment auch gut gebrauchen. Jeden Abend mit Grams zu Hause sitzen und lesen bringt's irgendwie nicht.«

»Mir geht es ähnlich«, sagte Joey. Kellnern, Schule und auf Alexander aufpassen war auch nicht besonders aufregend. Ganz zu schweigen von diesem erbärmlichen Winterwetter in Capeside. Es war immer noch naßkalt, bei weitem nicht so gemütlich wie in Vermont, vom Schnee ganz zu schweigen.

»Also«, sagte Dawson, »warum bringen wir nicht einfach etwas Abwechslung in unser ödes Leben?«

»Und wie?« fragte Joey. Vielleicht hatte Dawson ja eine zündende Idee.

»Mit einem schönen, altmodischen Filmabend«, antwortete er.

»Irgendwie habe ich geahnt, daß das jetzt kommen

würde«, antwortete Joey. »Aber ich glaube, ich habe nichts Besseres vor. Ich bin dabei.«

»Ich auch«, sagte Jen.

Dawson sah Pacey an. »Nee«, meinte der. »Ich gehe nach Hause und schreibe Kyra einen Brief.«

»Wie du willst«, sagte Dawson. »Wann bist du hier fertig?« fragte er Joey.

»Sobald die Schnecken da hinten am Tisch endlich bezahlt haben«, antwortete sie. »Aber ihr könnt ruhig vorgehen und schon mal alles vorbereiten. Ich komme dann nach.«

»Okay«, sagte Dawson. Sie bezahlten, und Joey brachte ihnen das Wechselgeld. Als ihre Freunde weg waren, beobachtete sie die Gäste an dem anderen Tisch. Manche Leute aßen wirklich verdammt langsam!

Sie beschloß, in der Zwischenzeit schon einmal ein paar Tische zu säubern. Da tippte ihr jemand auf die Schulter. Sie wirbelte herum – es war nur ihre Schwester.

»Ich mache allein weiter, Kleine«, sagte Bessie. »Geh du nur schon. Es gibt ja nicht mehr viel zu tun.«

»Danke«, sagte Joey. Bessie konnte manchmal richtig cool sein! Sie war in letzter Zeit oft gut gelaunt gewesen: Sie hatte ihr das Wochenende freigegeben, ließ sie im Restaurant bei ihren Freunden am Tisch sitzen. Aber trotz der vielen Vorteile für ihre Freizeit wünschte sich Joey, daß das Restaurant bald wieder besser laufen würde – Bessie und Alexander zuliebe.

Joey zog die Schürze aus und schlüpfte in ihre Winterjacke. Sie zog den Reißverschluß hoch und machte die Tür auf.

Als sie in die Dunkelheit trat, konnte sie kaum glauben, was sie sah. Dicke weiße Schneeflocken segelten aus dem Nachthimmel auf die Erde. Es war wunderschön. Ja, es war ein Wunder!

Joey blieb an der Tür stehen und genoß den friedlichen, schönen Anblick. Sie beobachtete, wie ihr warmer Atem in der eisig kalten Nachtluft aufstieg.

Es war ein vollkommener Augenblick.

Bis ihr ein nasser Schneeball an den Kopf klatschte.

»Überfall!« rief Dawson, und bevor Joey so richtig begriffen hatte, wurde sie von allen Seiten attackiert.

Lachend suchte sie das Weite und freute sich auf den ersten wirklichen Winterabend des Jahres in Capeside.

Über Kevin Williamson, den Schöpfer und Executive Producer von *Dawson's Creek*™

Kevin Williamson wurde in New Bern in North Carolina geboren. An der East Carolina University studierte er Theater- und Filmwissenschaften, bevor er nach New York zog, um als Schauspieler Karriere zu machen. Später wechselte er nach Los Angeles, wo er als Assistent eines Produzenten von Musikvideos arbeitete, bis er beschloß, seine Talente zum Erzählen von Geschichten zu erproben und sich für einen Studiengang im Drehbuchschreiben an der Universität in Los Angeles einschrieb.

In der Filmbranche hat Kevin Williamson bisher unglaubliche Erfolge erzielt. Der erste Spielfilm, für den er das Drehbuch verfaßte, war »Scream«, verfilmt unter der Regie von Wes Craven und mit Drew Barrymore, Courtney Cox und Neve Campbell in den Hauptrollen. Williamson ist inzwischen Drehbuchautor von zahlreichen weiteren Filmen, darunter der Psychothriller »Ich weiß, was du letzten Sommer gemacht hast« (Regie Jim Gillespie), nach dem Roman von Lois Duncan.

Dawson's Creek™ ist Kevin Williamsons erster Vorstoß ins Fernsehmetier. Von Kritikern erntete er bereits höchstes Lob für die authentische Darstellung des Lebens von Teenagern.

Über die Autorin

K.S. Rodriguez ist die Autorin von *Dawson's Creek: Ein langer, heißer Sommer*, *Dawson's Creek: The Official Scrapbook* und einem Dutzend anderer Bücher für junge Leser. Sie lebt mit ihrem Ehemann Ronnie in Manhattan.

Lesen bildet!

... und erspart Ihnen langweilige Fernsehabende.

**TV SPIELFILM holen.
Nur das Beste sehen.**

TV SPIELFILM ONLINE: www.tvspielfilm.de

Das offizielle **MARIENHOF** Magazin

Marienhof Starband '99

Im Handel vergriffene Hefte könnt Ihr nachbestellen:

MARIENHOF Bestell-Service
Römerstr. 90, D-79618 Rheinfelden
oder Tel. 07623 / 964 155